btb

Ferdinand von Schirach

SIE SAGT.
ER SAGT.

Ein Theaterstück

btb

FSC www.fsc.org MIX Papier | Fördert gute Waldnutzung FSC® C014496

Penguin Random House Verlagsgruppe FSC® N001967

1. Auflage
Genehmigte Taschenbuchausgabe Februar 2024
btb Verlag in der Penguin Random House Verlagsgruppe GmbH,
Neumarkter Str. 28, 81673 München

Umschlaggestaltung: buxdesign | München
unter Verwendung einer Collage von Ruth Botzenhardt
Autorenfoto: Julia Selmann © Ferdinand von Schirach
Satz: Uhl + Massopust, Aalen
Druck und Einband: GGP Media GmbH, Pößneck
Klü · Herstellung: sc
Printed in Germany
ISBN 978-3-442-77466-1

www.schirach.de
www.btb-verlag.de
www.facebook.com/penguinbuecher

Rollen
Erzähler
Katharina Schlüter, Nebenklägerin
Vorsitzende Richterin am Landgericht
Rechtsanwältin Breslau, Verteidigerin
Rechtsanwalt Biegler, Vertreter der Nebenklägerin
Pia Altstedt, Psychologische Sachverständige
Frauke Reuther, Erste Kriminalhauptkommissarin
Valerie Maiburg, Zeugin
Maria Laux-Frohnau, Rechtsmedizinerin
Paul Marotzka, Taxifahrer
Christian Thiede, Angeklagter
Oberstaatsanwältin Heise
Zwei beisitzende Richter
Zwei Wachtmeister
Ein Referendar
Schöffen

Alle Rollen bis auf Schlüter und Thiede können m/w/d besetzt werden.

Ein Gerichtssaal in einem Landgericht. Die Richterbank steht an der Stirnseite erhöht, daneben, leicht versetzt, der Platz der Protokollführerin an einem Computer. Die Staatsanwaltschaft sitzt an der Fensterseite, etwas tiefer als das Gericht, aber höher als die Verteidigerbank. Neben der Staatsanwaltschaft, etwas tiefer, die Sachverständigenbank. Gegenüber der Staatsanwaltschaft ist die Verteidigerbank. Gegenüber der Richterbank ein Tisch und ein Stuhl für die Zeugen. Über den Plätzen des Gerichts, der Verteidigung und der Staatsanwaltschaft hängen Monitore.

Die VORSITZENDE, *die* BEISITZENDEN RICHTER, HEISE, BRESLAU *und* THIEDE *sitzen auf ihren Plätzen. Auf dem Zeugenstuhl sitzt* LAUX-FROHNAU.

ERZÄHLER
Aus dem Off.
Unser Strafgesetzbuch kennt den Begriff des Bösen nicht. Es beschreibt, was Vergehen und Verbrechen sind, ein Sachverhalt wird aufgelöst in Tat, Rechtswidrigkeit und Schuld. Die Folgen können Gefängnisstrafen sein, Sicherungsverwahrung und Führungsaufsicht, nie aber Hölle und Verdammnis. Als Richter müssen Sie urteilen, Sie

können nicht ausweichen. Sie müssen entscheiden, ob ein Mensch gegen das Gesetz verstoßen hat, ob er Schuld auf sich geladen hat, ob er zu bestrafen ist. Sie sind es, der über das Schicksal des Angeklagten und das Schicksal des Opfers entscheidet. Und immer entscheiden Sie dabei auch, wer Sie selbst sind.

LAUX-FROHNAU

Mein Name ist Maria Laux-Frohnau, ich bin 53 Jahre alt, mit dem Angeklagten nicht verwandt oder verschwägert. Ich bin Rechtsmedizinerin am Institut für Rechtsmedizin der Charité.

VORSITZENDE

Danke. Sie haben es ja mitbekommen, Frau Professorin. Durch einen Streik am Flughafen ist Frau Schlüter noch nicht eingetroffen. Wir müssen Ihre Aussage deshalb vorziehen. Ist Ihnen das recht?

LAUX-FROHNAU

Natürlich.

VORSITZENDE

Wir haben auch nur wenige Fragen an Sie.

LAUX-FROHNAU

Gerne.

VORSITZENDE

Wie Sie wissen, wurde Herr Christian Thiede angeklagt, Frau Katharina Schlüter am Nachmittag des 14. August des letzten Jahres in seiner Wohnung vergewaltigt zu haben.

LAUX-FROHNAU

Ja.

VORSITZENDE

Nach unseren Unterlagen haben Sie Frau Katharina Schlüter am 17. August wegen des Verdachts einer an ihr begangenen Vergewaltigung untersucht. Trifft das zu?

LAUX-FROHNAU

Ja.

VORSITZENDE

Mit welchem Ergebnis?

LAUX-FROHNAU

Ich habe Frau Schlüter körperlich untersucht. Sie berichtete, dass sie zuvor ausführlich geduscht und sogar eine Scheidenspülung vorgenommen hatte. Körperlich waren keine Verletzungen außerhalb des Genitalbereichs und auch keine Verletzungen am Genital selbst zu erkennen. Ich habe Abstriche der bukkalen, vaginalen und rektalen Schleimhaut genommen. Sperma konnte dabei nicht nachgewiesen werden. Weiter habe ich das Blut und den Urin von Frau Schlüter mit ihrem Einverständnis auf HIV, Hepatitis, Syphilis, Gonorrhö, Chlamydien-Infektion und Trichomoniasis untersucht. Alle diese Tests waren negativ.

VORSITZENDE

Wie wirkte Frau Schlüter während der Untersuchung?

LAUX-FROHNAU

Ruhig, orientiert und zugewandt.

VORSITZENDE

Ist das eine übliche Verhaltensweise?

LAUX-FROHNAU

Es gibt keine übliche Verhaltensweise nach einer Vergewaltigung. Einige Frauen sprechen ununterbrochen, andere weinen und zittern, wieder andere sind unfähig, auf irgendetwas zu reagieren, weil sie unter Schock stehen. Es gibt Frauen, die völlig ruhig sind, andere lächeln stumpf vor sich hin. Menschen reagieren auf solche Ereignisse eben unterschiedlich. Wir haben auch erlebt, dass Frauen wütend waren und diese Wut an Krankenhausmitarbeitern ausgelassen haben. Das gehört alles zum Spektrum möglicher Reaktionen.

VORSITZENDE

Danke. Sie haben in dieser Sache auch das Kleid von Frau Schlüter untersucht. Ist das richtig?

LAUX-FROHNAU

Ja.

VORSITZENDE

Können Sie uns das bitte schildern.

LAUX-FROHNAU

Das Kleid wurde mir ebenfalls am 17. August übergeben. Es handelte sich um ein weißes Chanel-Kleid mit schwarzen Bündchen. Auf dem Begleitschreiben stand, dass Frau Schlüter das Kleid zur Tatzeit getragen habe.

Die Vorsitzende dreht sich zur Protokollführerin und flüstert etwas. Auf dem Bildschirm über der Richterbank und den Bildschirmen über der Verteidigerbank und der Bank der Staatsanwaltschaft erscheint das Polizeifoto eines Kleides neben einer KaDeWe-Tüte.

VORSITZENDE

Ist es dieses Kleid?

LAUX-FROHNAU

Ja. Und die Tüte, in der es mir von der Polizei übergeben wurde.

Der Nebenklägervertreter Rechtsanwalt BIEGLER *betritt den Gerichtssaal.*

BIEGLER

Bin ich wieder zu spät?

VORSITZENDE

Herr Biegler, bitte, wir sind mitten in einer Befragung.

BIEGLER

Aber es ist noch nichts Wichtiges passiert, oder?

VORSITZENDE

Herr Biegler!

BIEGLER

Schon gut, schon gut.

Er breitet seine Sachen auf dem Tisch der Nebenklage aus. Er legt auch eine Papiertüte – offensichtlich von einer Bäckerei – auf den Tisch.

VORSITZENDE

Zur Sachverständigen.

Konnten Sie mit bloßem Auge Spuren auf dem Kleid erkennen?

BIEGLER

Frau Schlüter ist übrigens gerade mit mir angekommen.

VORSITZENDE

Trotzdem setzen wir zunächst diese Vernehmung fort.

BIEGLER

Ich habe nur gedacht, dass Sie das interessieren könnte. Oder sollte.

VORSITZENDE

Frau Professorin, bitte. Mit bloßem Auge, da waren wir stehen geblieben.

LAUX-FROHNAU

Nur wenn man sehr genau hingesehen hat, ja.

VORSITZENDE

Wie haben Sie das Kleid untersucht?

LAUX-FROHNAU

Wir haben mittels einer RSID-Testkassette feststellen können, dass auf dem Kleid Sperma war.

VORSITZENDE

Was ist das für ein Test?

LAUX-FROHNAU

Der Rapid Stain Identification Test reagiert auf Semenogelin.

VORSITZENDE

Was bedeutet das?

LAUX-FROHNAU

Semenogelin ist ein Protein, das in der Bläschendrüse abgesondert wird und die Koagulation des Ejakulats bewirkt.

VORSITZENDE

Und das heißt?

LAUX-FROHNAU

Die Koagulation hemmt die Beweglichkeit der Spermien. Semenogelin kommt ausschließlich im Ejakulat vor. Vereinfacht gesagt: Wenn wir Semenogelin entdecken, haben wir Sperma entdeckt.

VORSITZENDE

Wie ging es weiter? Und bitte erklären Sie es so, dass wir Laien es auch verstehen.

LAUX-FROHNAU

Sie wissen vielleicht, dass alle Menschen zu 99,9 Prozent das gleiche Erbgut haben. Nur die verbleibenden 0,1 Prozent machen uns zu Individuen.

VORSITZENDE

Ja.

LAUX-FROHNAU

Wir suchen also in den nicht-kodierten Abschnitten der DNA. Es gibt da hintereinander gelagerte Wiederholungen von kurzen Basenpaarabfolgen. Die bezeichnen wir als STR, als Short Tandem Repeats.

VORSITZENDE

Und die sind von Mensch zu Mensch verschieden?

LAUX-FROHNAU

Nicht alle STRs selbst, aber die jeweilige Kombination der STRs, das ist der früher so genannte genetische Fingerabdruck.

VORSITZENDE
Wie untersuchen Sie das?
LAUX-FROHNAU
Einfach gesagt: Wir vervielfältigen den Abschnitt der DNA mittels PCR, also der Polymerase-Kettenreaktion. Danach markieren wir die STRs mit einem fluoreszierenden Molekül. So können wir sie detektieren.
VORSITZENDE
Können Sie das bitte anschaulicher machen?
LAUX-FROHNAU

Zum Wachtmeister.

Bitte zeigen Sie das Foto 46 aus dem Beweisordner.

Auf den Bildschirmen erscheint ein Elektropherogramm.

LAUX-FROHNAU
Stellen Sie sich einen Strichcode vor. So wie auf einer Milchtüte zum Beispiel.
VORSITZENDE
Ja.
LAUX-FROHNAU
Das, was Sie hier sehen, ist eine Art genetischer Fingerabdruck. Dieses Chromatogramm ist von Mensch zu Mensch unterschiedlich.
VORSITZENDE
Gut. Und zu welchem Ergebnis sind Sie gekommen?

LAUX-FROHNAU

Wir haben später von Herrn Thiede eine Speichelprobe genommen und sie in unserem Labor aufbereitet. Bitte zeigen Sie Blatt 58.

Auf den Bildschirmen erscheinen zwei Tabellen.

LAUX-FROHNAU

Wir haben die untersuchten STR-Sequenzen in Tabellen dargestellt. Wie Sie sehen können, stimmen Spurenprofil und Personenprofil überein.

VORSITZENDE

Vollkommen?

LAUX-FROHNAU

Ja. Die STR-Profile stimmen absolut in allen 16 untersuchten Systemen überein.

VORSITZENDE

Wie hoch ist die Wahrscheinlichkeit, dass das Sperma nicht vom Angeklagten stammt?

LAUX-FROHNAU

Deutlich kleiner als 1 zu 30 Milliarden.

VORSITZENDE

Das Sperma auf dem Kleid von Frau Schlüter ist also sicher von Herrn Thiede.

LAUX-FROHNAU

Das Spurenprofil erklärt über 30 Milliarden Mal besser, dass es sein Sperma ist, als dass es das nicht ist.

VORSITZENDE

Vielen Dank. Gibt es Fragen der Prozessbeteiligten?

BRESLAU

Ja.

VORSITZENDE

Bitte, Frau Verteidigerin.

BRESLAU

Hat Herr Thiede bei Ihnen die Speichelprobe freiwillig abgegeben.

LAUX-FROHNAU

Ja.

BRESLAU

Und das Sperma auf dem Kleid stammt von Herrn Thiede.

LAUX-FROHNAU

Das habe ich bereits gesagt.

BRESLAU

Dann sagen Sie uns bitte jetzt, *wann* das Sperma auf das Kleid kam.

LAUX-FROHNAU

Wie bitte?

BRESLAU

Wann gelangte das Sperma auf das Kleid? Eine ungefähre Angabe reicht.

LAUX-FROHNAU

Das kann man nicht untersuchen.

BRESLAU

Was kann man nicht untersuchen?

LAUX-FROHNAU

Den Zeitpunkt. Man kann kein Alter von DNA bestimmen.

Das ist noch nicht möglich. Wir arbeiten daran, irgendwann wird es gehen.

BRESLAU

Wir wissen also nicht, wann.

LAUX-FROHNAU

Wir können es nicht wissen.

BRESLAU

Es könnte also, sagen wir mal, schon vor einem oder zwei oder drei Jahren dorthin gelangt sein?

LAUX-FROHNAU

Das kann ich nicht ausschließen.

BRESLAU

Keine weiteren Fragen.

VORSITZENDE

Wenn es sonst keine Fragen gibt ...

Sieht alle Prozessbeteiligten kurz an.

... dann ist die Sachverständige mit Dank entlassen.

LAUX-FROHNAU steht auf und verlässt den Saal.

VORSITZENDE

Zu einem der Wachtmeister.

Dann Frau Schlüter bitte.

Wachtmeister verlässt den Saal, kommt kurz darauf wieder mit SCHLÜTER herein.

VORSITZENDE
Kommen Sie doch bitte hier vor.

SCHLÜTER setzt sich auf den Zeugenstuhl.

VORSITZENDE
Guten Tag, Frau Schlüter.

SCHLÜTER
Guten Morgen.

VORSITZENDE
Sie haben es nun trotz Streik am Flughafen geschafft.

SCHLÜTER
Tut mir leid, dass es so lange gedauert hat.

VORSITZENDE
Dafür können Sie ja nichts.

BIEGLER
Nicht einmal die, die ihn gebaut haben, können angeblich etwas für diesen Flughafen.

SCHLÜTER
Herr Biegler hat mich abgeholt.

VORSITZENDE
Ja. Danke. Frau Schlüter, ich nehme zunächst Ihre Personalien auf. Sie heißen mit vollem Namen?

SCHLÜTER
Katharina Maria Schlüter.

VORSITZENDE
Wie alt sind Sie?

SCHLÜTER
48.

VORSITZENDE
Was sind Sie von Beruf?
SCHLÜTER
Fernsehmoderatorin.
VORSITZENDE
Sind Sie verheiratet? Haben Sie Kinder?
SCHLÜTER
Ich lebe in Scheidung. Ich war 17 Jahre verheiratet und habe zwei Mädchen, 16 und 14 Jahre alt.
VORSITZENDE
Und Sie wohnen in Berlin?
SCHLÜTER
Ja.
VORSITZENDE
Sind Sie mit dem Angeklagten verwandt oder verschwägert?
SCHLÜTER
Nein.
VORSITZENDE
Ich muss Sie nun belehren. Das ist kein Misstrauen gegen Sie, sondern ist vom Gesetz bei jedem Zeugen vorgeschrieben.
SCHLÜTER
Ja.
VORSITZENDE
Sie müssen vor Gericht die Wahrheit sagen, Sie dürfen nichts weglassen und nichts hinzufügen. Falschaussagen,

auch uneidliche Falschaussagen, sind mit hohen Strafen bedroht. Haben Sie das verstanden?

SCHLÜTER

Das habe ich.

VORSITZENDE

Gut. Sie können sich jederzeit mit Ihrem Rechtsanwalt beraten.

SCHLÜTER

Ja.

VORSITZENDE

Frau Schlüter, bitte schildern Sie uns, wie Sie und Herr Thiede sich kennengelernt haben.

SCHLÜTER

Ist gut.

VORSITZENDE

Möglichst von Anfang an.

SCHLÜTER

Wir haben im Herbst vor fünf Jahren eine Sendung über China gemacht.

VORSITZENDE

Wir?

SCHLÜTER

Verzeihung. Ich meinte, meine Redaktion und ich.

VORSITZENDE

Ja.

SCHLÜTER

Damals war das wegen einer Reise der früheren Bundeskanzlerin zu dem chinesischen Staatschef aktuell. Wir kamen auf die Idee, Christian Thiede einzuladen, weil sein Unternehmen in China über 100.000 Mitarbeiter in mehr als 30 Fabriken beschäftigt.

VORSITZENDE

Hatten Sie diese Idee?

SCHLÜTER

Nein, meine Redaktion. Ich habe aber natürlich zugestimmt, als mir sein Name genannt wurde, insoweit war ich in die Entscheidung involviert.

VORSITZENDE

Wie geht so eine Einladung vor sich?

SCHLÜTER

Meine Redaktion schlägt Gäste vor, wir diskutieren darüber und entscheiden gemeinsam, wen wir einladen.

VORSITZENDE

Bitte fahren Sie fort.

SCHLÜTER

Christian Thiede kam dann auch in die Sendung. Er war ein angenehmer Gast, eloquent, klar und streitbar. Ich kam gut mit ihm zurecht.

VORSITZENDE

Kannten Sie sich vor dieser Sendung?

SCHLÜTER

Nein. Halt, doch, wir sind uns wohl vor Jahren auf einem Ball vorgestellt worden. Aber ich erinnere mich nicht daran. Ich kenne nur das Foto.

VORSITZENDE

Sie haben Herrn Thiede also in der Sendung das erste Mal gesehen.

SCHLÜTER

Bewusst gesehen, ja. Und um genau zu sein: kurz vor der Sendung. Die Gäste halten sich immer vor der Sendung zusammen in einem Raum auf. Von dort aus gehen sie in die Maske, und dann werden sie verkabelt.

VORSITZENDE

Maske?

SCHLÜTER

Zum Schminken. Ohne Schminke sieht man sehr blass im Fernsehen aus.

VORSITZENDE

Gut.

SCHLÜTER

Ich gehe immer ein paar Minuten vor der Sendung zu den Gästen, um sie zu begrüßen und den ungefähren Ablauf zu besprechen.

VORSITZENDE

Was wussten Sie über Herrn Thiede?

SCHLÜTER

Mein Team führt mit allen Gästen telefonische Vorgespräche, die aufgezeichnet werden.

VORSITZENDE

Warum?

SCHLÜTER

Um die Positionen der Gäste zu dem jeweiligen Thema zu

erfahren. Ich bekomme dann eine Zusammenfassung des Gesagten und einen Lebenslauf des Gastes.

VORSITZENDE

Und?

SCHLÜTER

Die Position von Herrn Thiede zu China?

VORSITZENDE

Nein. Was uns interessiert, ist, ob es im Lebenslauf von Herrn Thiede etwas Außergewöhnliches gab.

SCHLÜTER

Das verstehe ich nicht.

BRESLAU

Ich übrigens auch nicht.

BIEGLER

Nun, außergewöhnliche Schulnoten wird die Vorsitzende nicht meinen.

Zu Schlüter.

Sie fragt wohl, ob es in dem Lebenslauf etwas gab, was auf die spätere Vergewaltigung hindeuten könnte.

BRESLAU

Mutmaßliche Vergewaltigung.

BIEGLER

Ach, kommen Sie. Sie müssen sich nicht aufspielen.

BRESLAU

Das ist ...

VORSITZENDE

Bitte! Jetzt nicht.

Zu Schlüter.

Aber Herr Biegler hat recht. Gab es etwas, was Sie irritierte?

SCHLÜTER

Nein, überhaupt nichts. Das sind ja auch Daten, die öffentlich zugänglich sind.

VORSITZENDE

In Ordnung. Und nach der Sendung, was ist da passiert?

SCHLÜTER

Auch daran erinnere ich mich nicht mehr. Nach den Sendungen treffen alle noch einmal im Aufenthaltsraum zusammen. Es gibt eine Kleinigkeit zu essen und zu trinken, die meisten unterhalten sich kurz und brechen dann auf. Ich weiß nicht mehr, ob ich überhaupt mit Christian gesprochen habe. Wenn, dann nur ein paar unverbindliche Sätze.

VORSITZENDE

Wie ging es weiter?

SCHLÜTER

Etwa einen Monat nach der Sendung rief er mich an. Er sei in Berlin und würde mich gerne zum Mittagessen einladen.

VORSITZENDE

Wie haben Sie reagiert?

SCHLÜTER

Ich war überrascht.

VORSITZENDE

Warum?

SCHLÜTER

Es ist nicht üblich, dass mich Gäste zum Essen einladen. Ich bin als Moderatorin sehr distanziert. Ich muss neutral sein, und das verträgt sich nicht mit privaten Kontakten.

VORSITZENDE

Das leuchtet ein.

SCHLÜTER

Aber ich habe mich gefreut. Er ist ja ein sehr attraktiver, sehr charmanter Mann. Ich fand es auch schmeichelhaft. Jedenfalls habe ich ihn nach zwei Tagen zurückgerufen und zugesagt.

VORSITZENDE

Sie haben sich dann zum Mittagessen getroffen?

SCHLÜTER

Ja. Und danach noch ein paar Mal, bis mir klar wurde, dass ich mich in diesen Mann verliebt hatte. Irgendwann verabredeten wir uns in einem Hotel. So begann unsere Affäre.

VORSITZENDE

Wie lange dauerte die Beziehung?

SCHLÜTER

Ziemlich genau vier Jahre.

VORSITZENDE

Können Sie uns Daten nennen?

SCHLÜTER

Ich habe es mir aufgeschrieben. Wenn ich darf?

VORSITZENDE

Ja, bitte.

SCHLÜTER

Nimmt einen Zettel aus ihrer Tasche.

Die Sendung war am 17. April vor fünf Jahren. Das erste Treffen dann Mitte Mai, am 12. Unser letztes Treffen vor der Tat …

BRESLAU

… der mutmaßlichen Tat.

BIEGLER

Fänden Sie es nicht ein wenig verrückt, wenn Frau Schlüter von einer mutmaßlichen Tat sprechen würde? Ich weiß nicht, was mit der Kollegin heute los ist.

VORSITZENDE

Ich gebe Ihnen zwar recht, Herr Biegler, aber lassen Sie jetzt mal die dauernden Unterbrechungen. Also, bitte, Frau Schlüter.

SCHLÜTER

Unser letztes Treffen war vier Monate vor der Tat, am 22.4. des letzten Jahres.

VORSITZENDE

Können Sie uns schildern, was diese Beziehung für Sie bedeutete?

SCHLÜTER

Ich versuche es. Wissen Sie, ich bin seit 17 Jahren verheiratet. Ich habe zwei tolle Mädchen. Mein Leben ist geradlinig verlaufen, ich hatte eine glückliche Kindheit, auch in meinem Erwachsenenleben gab es keine Katastrophen. Ich hatte ein zufriedenes Leben. Aber dieser Mann, er war …

VORSITZENDE
Lassen Sie sich Zeit.

SCHLÜTER
… er war das größte Glück meines Lebens. Ja, er war tatsächlich die Liebe meines Lebens. Das klingt kitschig, ich weiß. Ich hätte nicht gedacht, dass mir so etwas passiert. Nicht einmal, dass so etwas überhaupt möglich ist.

VORSITZENDE
Waren Sie in Ihrer Ehe glücklich?

SCHLÜTER
Das ist ein großes Wort. Ich hatte immer schon depressive Phasen, auch in meiner Ehe. Ich hatte das Gefühl, auf etwas zu warten, ohne zu wissen, worauf.

VORSITZENDE
Was bedeutet das?

SCHLÜTER
Ich glaube, wenn ich vollkommen glücklich in meiner Ehe gewesen wäre, wäre eine solche Beziehung wie die zu Christian Thiede nicht möglich gewesen.

VORSITZENDE
Ich verstehe. Wie oft haben Sie sich getroffen?

SCHLÜTER
Fast jede Woche. Ich wohne ja in München, aber habe diese kleine Wohnung in Berlin, weil ich hier arbeite. Wir haben uns allerdings nicht in meiner Wohnung getroffen, das wollte ich nicht. Mein Mann und meine Kinder kamen manchmal dorthin. Ich wollte das von meiner Familie trennen.

VORSITZENDE

Haben Sie sich in seiner Wohnung in Berlin getroffen?

SCHLÜTER

Nur ganz am Anfang ein paar Mal. Aber später aus denselben Gründen nicht mehr. Wegen seiner Familie.

VORSITZENDE

Also nur im Hotel?

SCHLÜTER

Ja. Auch einige Wochenenden haben wir zusammen verbracht. Aber das waren organisatorische Meisterleistungen. Er ist ja auch verheiratet. Und das ist gleichzeitig das Scheußliche an dieser Beziehung gewesen.

VORSITZENDE

Dass er verheiratet war?

SCHLÜTER

Nein. Dass jeder von uns dauernd lügen musste. Wir mussten unsere Familien anlügen. Es war grässlich. Wir beide haben so darunter gelitten.

VORSITZENDE

Hatten Sie eine Zukunft geplant?

SCHLÜTER

Es war anders. Wir haben uns oft ein Leben zusammen vorgestellt. Aber wir haben dabei die Trennung von unseren Familien ausgeklammert. Darüber wollten wir nicht reden. Es war … es war zu viel Realität. Ich kann das nicht gut verständlich machen.

VORSITZENDE

Doch, ich glaube zu wissen, was Sie meinen.

SCHLÜTER
Wenn wir uns trafen, waren wir wie in einer Kapsel. Für ein paar Stunden gab es sonst keine Welt. Kein Außen, nichts, was störte. Wir schlossen die Vorhänge und blieben in dieser Kapsel. Es gab dann nur uns. So jedenfalls kam es uns vor.

VORSITZENDE
Die Beziehung dauerte vier Jahre?

SCHLÜTER
Ja.

VORSITZENDE
Veränderte sie sich?

SCHLÜTER
Sie wurde intensiver ... Nein, das ist das falsche Wort. Intensiv war sie von Anfang an ... Inniger, meine ich. Sie wurde inniger.

VORSITZENDE
Aber nach vier Jahren trennten Sie sich trotzdem. Warum?

SCHLÜTER
Weil es nicht mehr anders ging.

VORSITZENDE
Was ging nicht mehr?

SCHLÜTER
Die Lügen. Wir fühlten uns beide sehr schlecht. Es ist furchtbar, mit einem Betrug zu leben. Das geht nicht auf Dauer. Man verliert die Achtung vor sich selbst.

VORSITZENDE
Haben Sie darüber gesprochen?

SCHLÜTER

Natürlich.

VORSITZENDE

Haben Sie von ihm oder hat er von Ihnen gefordert, sich aus der Ehe zu lösen?

SCHLÜTER

Nein. Wir haben überlegt, wie wir gemeinsam springen können.

VORSITZENDE

Springen? Was ist damit gemeint?

SCHLÜTER

Springen in ein neues Leben. In ein gemeinsames neues Leben. Wir stellten uns dieses Leben vor. Aber wir hatten beide nicht den Mut zum Absprung.

VORSITZENDE

Wie kam es dann zur Trennung? Von wem ging das aus?

SCHLÜTER

Wir haben das gemeinsam entschieden. Die Lügen hatten uns mürbe gemacht. Mürbe und müde.

VORSITZENDE

Wo fand dieses letzte Gespräch statt?

SCHLÜTER

Am Telefon.

VORSITZENDE

Wann war das?

SCHLÜTER

Wir hatten uns zuletzt im *Lexington* in Berlin getroffen.

VORSITZENDE

Dem Hotel *Lexington*?

SCHLÜTER

Ja.

VORSITZENDE

Das war das Treffen am 22.4.?

SCHLÜTER

Ja.

VORSITZENDE

Haben Sie sich dabei gestritten?

SCHLÜTER

Nein, im Gegenteil. Wir haben miteinander geschlafen, es war sehr innig und intensiv. Ich glaube, wir wussten beide, dass es das letzte Mal war. Irgendwann sind wir aufgestanden, und vor dem Hotel ist dann jeder in eine andere Richtung gefahren. Nach ungefähr zehn Minuten haben wir von unseren Autos aus miteinander telefoniert. Fast zwei Stunden. In diesem Telefonat haben wir entschieden, uns endgültig zu trennen. Es war nicht dramatisch. Es war nur traurig.

VORSITZENDE

Was dachten Sie?

SCHLÜTER

Dass ich jetzt zu meinem Mann und zu meiner Familie und in mein altes Leben zurückgehen würde. Ich wusste, dass ich die Liebe meines Lebens verloren hatte. Ich hatte einfach nicht den Mut und die Kraft gehabt, zu springen.

VORSITZENDE

Wusste Ihr Mann bis dahin etwas von Ihrer Beziehung zu Herrn Thiede?

SCHLÜTER

Nein.

VORSITZENDE

Haben Sie sich nach dieser Trennung nochmals getroffen?

SCHLÜTER

Sie meinen vor der Tat?

VORSITZENDE

Ja.

SCHLÜTER

Nein.

VORSITZENDE

Gab es Anrufe, SMS, irgendeinen anderen Kontakt?

SCHLÜTER

Nein. Das hatten wir auch so vereinbart.

VORSITZENDE

Wie haben Sie die Zeit danach erlebt?

SCHLÜTER

Es war schrecklich. Aber dieser grässliche Satz stimmt: Die Zeit heilt die Wunden. Ich habe einfach durchgehalten.

VORSITZENDE

Dann kommen wir zum 14. August letzten Jahres.

SCHLÜTER

Ja.

VORSITZENDE

Wie haben Herr Thiede und Sie sich getroffen?

SCHLÜTER
Es war Zufall.
VORSITZENDE
Wo haben Sie sich getroffen?
SCHLÜTER
Auf dem Kurfürstendamm. Ich kam aus einem Café. Er, glaube ich, aus einer Investorenkonferenz.
VORSITZENDE
Was haben Sie im Café gemacht?
SCHLÜTER
Gearbeitet. Arbeit besteht bei mir oft aus dem Lesen von Nachrichten. Das mache ich gerne in diesem Café, wenn ich nicht zu Hause sitzen will.
VORSITZENDE
Wo ist das Café?
SCHLÜTER
In der Pariser Straße. Das *Café Manzoni.*
VORSITZENDE
Aber Sie waren vorher nicht in der Redaktion?
SCHLÜTER
Nein. Ich ging von zuhause ins Café.
VORSITZENDE
Zu Fuß?
SCHLÜTER
Ja, ich bin gelaufen. Von meiner Wohnung sind es etwa 20 Minuten zu Fuß. Ich gehe gerne ein paar Schritte.

VORSITZENDE

Eine Zwischenfrage: Sie trugen an diesem Tag das Chanel-Kleid, das die Polizei später in Ihrer Wohnung sicherstellte?

SCHLÜTER

Ja.

VORSITZENDE

Gut. Bitte fahren Sie fort.

SCHLÜTER

Wir sahen uns, blieben stehen und begrüßten uns. Wir küssten uns auf die Wange, so wie Bekannte. Es war eine absurde Situation. Ich war nicht darauf vorbereitet.

VORSITZENDE

Was haben Sie getan?

SCHLÜTER

Er fragte, ob ich einen Moment Zeit hätte. Ob ich mitkommen wolle in seine Wohnung.

VORSITZENDE

Wo ist diese Wohnung?

SCHLÜTER

In der Mommsenstraße, also um die Ecke.

VORSITZENDE

Wie sind Sie in die Wohnung gekommen?

SCHLÜTER

Durch einen Nebeneingang. Dort ist ein privater Aufzug, der direkt in Christians Wohnung hochfährt.

VORSITZENDE

Fahren Sie bitte fort.

SCHLÜTER
Wir setzten uns auf das Sofa gegenüber den Fenstern. Er ging in die Küche und brachte zwei Gläser Wasser.

VORSITZENDE
Worüber haben Sie gesprochen.

SCHLÜTER
Es klingt komisch, aber ich weiß das nicht mehr. Ich habe später versucht, mich daran zu erinnern. Es ist verschwommen.

VORSITZENDE
Erinnern Sie sich an gar nichts mehr?

SCHLÜTER
Nur an Bruchstücke. Jeder sagte, was er gerade mache. Was ich gerade mache, wohin er morgen fliege. Nach Washington, glaube ich. Solche Sachen. Eher Smalltalk. Ich war ... ich war wie in Trance. Anders kann ich es nicht ausdrücken.

VORSITZENDE
Und was ist dann passiert?

SCHLÜTER
Er hat meine Hand genommen und festgehalten. Und dann standen wir auf und haben uns geküsst.

VORSITZENDE
Am Fenster?

SCHLÜTER
Ja. Es war irgendwie notwendig. Nur so konnte sich die Spannung lösen. Verzeihung, es ist so schwer, das zu beschreiben.

BIEGLER
Sie machen das sehr gut.
VORSITZENDE
Und dann?
SCHLÜTER
Wir hielten uns in den Armen. Es war dann wie immer.
VORSITZENDE
Wie immer?
SCHLÜTER
Die Anziehung. Es war alles wieder da.
VORSITZENDE
Ja.
SCHLÜTER
Dann sind wir ins Schlafzimmer gegangen.
VORSITZENDE
Haben Sie darüber gesprochen, was jetzt passieren würde?
SCHLÜTER
Das war nicht nötig.
VORSITZENDE
Und dann?
SCHLÜTER
Puh.
VORSITZENDE
Sie müssen uns das leider schildern.
SCHLÜTER
Ich weiß.
BIEGLER
Brauchen Sie eine Pause?

SCHLÜTER
Nein. Aber darf ich einen Schluck Wasser bekommen?
VORSITZENDE

Zum Wachtmeister.

Könnten Sie bitte?

Der Wachtmeister bringt ein Glas Wasser und stellt es vor Schlüter.

SCHLÜTER

Zum Wachtmeister.

Danke.

Schlüter trinkt.

VORSITZENDE
Versuchen Sie es bitte.
SCHLÜTER
Ja. ... Wir zogen uns vor dem Bett aus.
VORSITZENDE
Beide? Jeder für sich?
SCHLÜTER
Genau kann ich das nicht mehr sagen. Er hat angefangen, mich auszuziehen, mein Kleid, meine Bluse, meinen BH. Es ging dann durcheinander. Ich habe sein Hemd geöffnet und seine Hose. Vermutlich habe ich mich selbst weiter ausgezogen und er sich auch. Verzeihen Sie, den genauen Ablauf kann ich nicht mehr schildern. Es ging schnell.

VORSITZENDE
Wo war das?
SCHLÜTER
Im Schlafzimmer. Vor dem Bett.
VORSITZENDE
Lagen Ihre Kleider auf dem Boden?
SCHLÜTER
Ja.
VORSITZENDE
Wie ging es weiter.
SCHLÜTER
Dann streichelten wir uns gegenseitig und küssten uns.
VORSITZENDE
War Herr Thiede erregt?
SCHLÜTER
Ja. Ich auch. Er legte sich dann auf mich.
VORSITZENDE
Sie lagen auf dem Rücken?
SCHLÜTER
Ja. Er drang in mich ein.
VORSITZENDE
Sie waren damit einverstanden?
SCHLÜTER
Ich wollte es so.
VORSITZENDE
Gut. Und dann?
SCHLÜTER
In diesem Moment ist mir plötzlich …

VORSITZENDE

Unterbricht.

... in welchem Moment? Als Herr Thiede und Sie den Geschlechtsverkehr bereits ausübten?

SCHLÜTER

Ja. Während er in mir war. Da ist mir klar geworden, dass das falsch ist. Dass es falsch ist, was ich da tue. Ich habe alles vollkommen klar vor mir gesehen. Die Monate nach der Trennung, den Schmerz, die Nächte damals. Ich wollte das nicht noch einmal. Nicht mehr zurück in dieses Tal.

VORSITZENDE

Was haben Sie getan?

SCHLÜTER

Ich hörte auf, mich zu bewegen. Ich wurde ganz steif. Ich sagte: »Ich kann das nicht mehr, hör auf, bitte entschuldige.«

VORSITZENDE

Mit diesen Worten? »Ich kann das nicht mehr, hör auf, bitte entschuldige?«

SCHLÜTER

Ja, genau mit diesen Worten.

VORSITZENDE

Was hat Herr Thiede getan?

SCHLÜTER

Er blieb auf mir liegen. Er bewegte sich weiter wie zuvor.

VORSITZENDE

Und dann?

SCHLÜTER

Er hat einfach weitergemacht.

VORSITZENDE

Es tut mir leid, Sie müssen das genauer schildern. Blieb sein Penis weiter in Ihnen, nachdem Sie gesagt haben, Sie wollen das nicht mehr?

SCHLÜTER

Ja.

VORSITZENDE

Nachdem Sie »hör auf« gesagt hatten?

SCHLÜTER

Ja.

VORSITZENDE

Und dann?

SCHLÜTER

Ich stemmte meine Hände gegen seine Brust. Ich sagte: »Nein, nicht.«

VORSITZENDE

Ein zweites Mal?

SCHLÜTER

Ja.

VORSITZENDE

Und er?

SCHLÜTER

Er wollte immer noch weitermachen.

VORSITZENDE

Wollte?

SCHLÜTER

Hat. Zuerst dachte ich, es wäre besser, einfach nur liegen zu bleiben. Ich hörte auf, mich zu wehren. Ich weiß, wie irrational das ist, aber es war so. Dann ist es gleich vorbei, dachte ich. Aber dann wurde ich wütend. Ich habe ihm auf die Brust geschlagen und nochmals laut gesagt: »Nein.«

VORSITZENDE

Hat Herr Thiede jetzt aufgehört?

SCHLÜTER

Nein.

VORSITZENDE

Hat er irgendetwas gesagt?

SCHLÜTER

Nein.

VORSITZENDE

Hat er Sie festgehalten?

SCHLÜTER

Das musste er nicht. Er ist ja viel schwerer als ich. Sein Körpergewicht hielt mich unten.

VORSITZENDE

Und dann?

SCHLÜTER

Ich habe alle Kraft zusammengenommen. Ich habe versucht, ihn von mir herunterzustoßen. Ich habe versucht, mich auf die Seite zu drehen. Er machte aber immer weiter. Erst in dem Moment, als er kam, gelang es mir, mich zu befreien. Er fiel vom Bett auf den Boden.

VORSITZENDE

Als er ejakulierte?

SCHLÜTER

Ja.

VORSITZENDE

Hatte er den Samenerguss noch in Ihnen?

SCHLÜTER

Ja. Er fiel dabei vom Bett auf den Boden.

VORSITZENDE

Dort, wo Ihre Kleider lagen?

SCHLÜTER

Auf unsere Sachen, ja.

VORSITZENDE

Und Sie?

SCHLÜTER

Ekel. Ich habe mich geekelt.

VORSITZENDE

Vor was?

SCHLÜTER

Vor ihm. Vor der ganzen Situation.

VORSITZENDE

Hat er Sie verletzt?

SCHLÜTER

Nein.

VORSITZENDE

Haben Sie später irgendwo Blutergüsse entdeckt?

SCHLÜTER

Nein, keine.

VORSITZENDE

Tat es Ihnen weh, als er Sie mit seinem Gewicht unten hielt?

SCHLÜTER

Nein, auch nicht.

VORSITZENDE

Können Sie sagen, wie lange es gedauert hat? Also von Ihrer ersten Erklärung, dass er aufhören soll, bis zu dem Moment, als er vom Bett fiel?

SCHLÜTER

Es kommt mir in der Erinnerung sicher zu lang vor. Es kann nicht so lange gedauert haben. Fünf Minuten vielleicht, sicher nicht länger. Ich weiß es aber nicht konkret.

VORSITZENDE

Was geschah danach?

SCHLÜTER

Er stand auf und wollte sich wieder ins Bett legen. Zu mir. Ich habe meine Sachen genommen und bin ins Bad. Ich wusste nicht, was ich tun sollte. Ich habe mich mit der Handdusche gewaschen. Ich wollte, dass sein Sperma nicht mehr in meinem Körper ist. Ich wollte nicht mehr nach ihm riechen. Am Waschbecken habe ich mein Gesicht gewaschen. Immer wieder gewaschen. Er wollte ins Bad kommen, aber ich hatte abgeschlossen.

VORSITZENDE

Wie lange blieben Sie im Badezimmer?

SCHLÜTER

Ich weiß nicht. Ich habe am ganzen Körper gezittert. Ich

hatte nie Schwächeanfälle. Aber da habe ich wirklich gezittert. Ich konnte das nicht steuern. Es war erschreckend, ich hatte so etwas noch nie erlebt. Mein Körper gehorchte mir nicht.

VORSITZENDE

Was ist dann passiert?

SCHLÜTER

Ich habe gewartet, bis das Zittern aufhörte. Es war alles so seltsam.

VORSITZENDE

Was meinen Sie?

SCHLÜTER

Im Badezimmer waren seine ganzen Sachen. Sein Parfum, sein Rasierer, seine Manschettenknöpfe. Ich kannte das alles. Es war mir so vertraut. Jetzt ekelte es mich. Mich ekelte alles daran.

VORSITZENDE

Wie lange blieben Sie im Bad?

SCHLÜTER

Weiß ich nicht. Ich habe mich zusammengerissen. Ich wollte nicht weinen. Irgendwann bin ich raus aus dem Bad.

VORSITZENDE

Stand Herr Thiede noch vor der Tür?

SCHLÜTER

Nein. Er saß wieder auf dem Sofa.

VORSITZENDE

Und Sie?

SCHLÜTER
Sie werden es nicht verstehen.
VORSITZENDE
Was?
SCHLÜTER
Ich verstehe es selbst nicht.
VORSITZENDE
Was?
SCHLÜTER
Ich habe mich neben ihn gesetzt.
VORSITZENDE
Und dann?
SCHLÜTER
Nichts. Gar nichts. Kein Wort.
VORSITZENDE
Sie saßen dort stumm nebeneinander?
SCHLÜTER
Sehr, sehr lange. Wir saßen nur da.
VORSITZENDE
An was haben Sie gedacht?
SCHLÜTER
An nichts. Zwischen den beiden Fenstern steht eine Vase, eine große etruskische Vase. Ich habe sie angestarrt. Mir ist das Wort »etruskisch« nicht eingefallen. Nur daran habe ich gedacht.
VORSITZENDE
Wie ging es weiter.

SCHLÜTER

Ich wollte, dass er irgendetwas sagt. Dass er es erklärt, dass er sich mir erklärt. Dass er mich nicht weiter in diesem Zustand lässt.

VORSITZENDE

Und? Sagte er etwas?

SCHLÜTER

Nein. Nach einer Ewigkeit bin ich aufgestanden, habe meinen Mantel angezogen und bin gegangen.

VORSITZENDE

Haben Sie noch etwas zu ihm gesagt?

SCHLÜTER

Nein.

VORSITZENDE

Und er? Ließ er Sie gehen?

SCHLÜTER

Er hat meinen Namen gerufen, glaube ich. Aber ich habe mich nicht mehr umgedreht.

VORSITZENDE

Wie sind Sie aus der Wohnung gekommen?

SCHLÜTER

Durch den Hauptausgang. Zum Lift braucht man auch in der Wohnung einen Code. Den hatte ich nicht, und ich wollte ihn nicht danach fragen. Ich wollte kein Wort mehr mit ihm sprechen. Also bin ich durchs normale Treppenhaus.

VORSITZENDE

Unten an dem Concierge vorbei?

SCHLÜTER

Ja. Durch die Lobby. Draußen hielt ich ein Taxi an. Auf dem Ku'damm. Das habe ich nach Hause genommen.

VORSITZENDE

Und dort? Zuhause?

SCHLÜTER

Ich habe die Jalousien heruntergelassen. Ich bin noch einmal unter die Dusche, ich drehte das Wasser so heiß auf, dass ich mir fast die Haut verbrannte. Dann bin ich ins Bett gegangen.

VORSITZENDE

Konnten Sie schlafen?

SCHLÜTER

Ich habe zwei Tavor genommen.

VORSITZENDE

Was ist das?

SCHLÜTER

Ein sehr starkes Beruhigungsmittel, das man unter die Zunge legt. Es wirkt schnell und zuverlässig. Ich habe das immer zu Hause, nehme es aber sehr selten.

VORSITZENDE

Gut. Und weiter?

SCHLÜTER

Der nächste Tag?

VORSITZENDE

Ja.

SCHLÜTER

Morgens habe ich in der Redaktion angerufen und mich

krankgemeldet. Das war nicht schlimm, denn die nächste Sendung war erst in fünf Tagen.

VORSITZENDE

Wie haben Sie den Tag verbracht?

SCHLÜTER

Ich bin im Bett geblieben.

VORSITZENDE

Den ganzen Tag?

SCHLÜTER

Ja.

VORSITZENDE

Blieben Sie alleine?

SCHLÜTER

Ja. Ich lag so im Dunkeln, bis ich ruhiger wurde. Bis ich wieder normal denken konnte.

VORSITZENDE

Wie ging es weiter?

SCHLÜTER

Am späten Abend klingelte immer wieder mein Handy. Es haben nicht so viele Leute meine Telefonnummer.

VORSITZENDE

Wer rief an?

SCHLÜTER

Mein Mann, er dachte, mir sei etwas passiert. Normalerweise melde ich mich öfters bei ihm.

VORSITZENDE

Verstehe.

SCHLÜTER
Ich habe ihn dann zurückgerufen und beruhigt. Dann rief meine Freundin Valerie an, zufällig. Das war gegen 22 Uhr etwa. Das war der Moment, in dem ich zum ersten Mal geweint habe.

VORSITZENDE
Gemeint ist Valerie Maiburg, richtig?

SCHLÜTER
Ja.

VORSITZENDE
Haben Sie sich mit Frau Maiburg getroffen?

SCHLÜTER
Sie ist gleich zu mir in die Wohnung gekommen.

VORSITZENDE
Und haben Sie ihr von dem Vorfall erzählt?

SCHLÜTER
Ja.

VORSITZENDE
Was hat Frau Maiburg dazu gesagt?

SCHLÜTER
Sie hat mir einen Tee gemacht und uns etwas zu essen bestellt.

VORSITZENDE
Und dann.

SCHLÜTER
Sie wollte, dass ich sofort zur Polizei gehe.

VORSITZENDE
Und Sie?

SCHLÜTER

Ich … ich hatte Angst.

VORSITZENDE

Wovor?

SCHLÜTER

Das … verzeihen Sie bitte.

VORSITZENDE

Sie haben so viel Zeit, wie Sie brauchen.

SCHLÜTER

Es ist kompliziert, das zu erklären.

VORSITZENDE

Weshalb?

SCHLÜTER

Weil es irrational ist. Ich bin eigentlich ein überlegter Mensch. Aber das hier. Verstehen Sie, meine Welt, mein Verständnis davon, wer ich bin, alles stimmte plötzlich nicht mehr. Mein Körper wurde als … ich weiß nicht … wie ein Gegenstand gebraucht. Anders kann ich es nicht sagen. Es ging nicht um mich. Oder um unsere Liebe. Um das, was uns verband. Ich konnte nicht beeinflussen, was mit mir gemacht wurde.

VORSITZENDE

Ich verstehe.

SCHLÜTER

Gleichzeitig war ich mir nicht einmal sicher, ob ich nicht auch schuld bin.

VORSITZENDE

Wie meinen Sie das?

SCHLÜTER
Ich habe mich gefragt, ob es falsch war, mit ihm in seine Wohnung zu gehen. Ob es falsch war, ihn zu küssen. Falsch, mit ihm ins Schlafzimmer zu gehen.

VORSITZENDE
Ich verstehe.

SCHLÜTER
Ob er also ein Recht hatte, mich … mich für seine Lust zu gebrauchen. Und …

VORSITZENDE
Und?

SCHLÜTER
… und ich hatte Angst vor den Reaktionen.

VORSITZENDE
Welche Reaktionen meinen Sie?

SCHLÜTER
Ich arbeite ja in der Öffentlichkeit.

VORSITZENDE
Was befürchteten Sie?

SCHLÜTER
Genau das, was dann passiert ist. Die Polizei und Staatsanwaltschaft machen natürlich nur ihre Arbeit.

VORSITZENDE
Wurden Sie dort schlecht behandelt?

SCHLÜTER
Nein, überhaupt nicht. Aber deren Arbeit ist ja, das alles, was ich sage, zu bezweifeln.

VORSITZENDE

Und die Öffentlichkeit?

SCHLÜTER

Nach jeder Sendung, die ich mache, bekommen wir Hunderte von E-Mails und Kommentaren auf Twitter, Facebook und so weiter. In meinem Beruf habe ich aufgehört, sie zu lesen. Aber das hier, das würde etwas anderes werden. Das war mir völlig klar.

VORSITZENDE

Was konkret befürchteten Sie?

SCHLÜTER

Hass. Wut. Beschimpfungen. Unterstellungen. Mir war klar, dass man über mich herfallen wird. Und ich fürchtete auch, dass ich daran zerbrechen könnte.

VORSITZENDE

Haben Sie so etwas schon einmal erlebt?

SCHLÜTER

Nein, so gewaltig wie jetzt noch nie. Vor Jahren wurde einmal meine private Handynummer im Internet geleakt. Es war schrecklich.

VORSITZENDE

Was ist passiert?

SCHLÜTER

Ich bekam unzählige Dickpics.

VORSITZENDE

Was sind Dickpics?

SCHLÜTER

Fotos von Penissen.

VORSITZENDE

Das verstehe ich nicht.

BIEGLER

Männer schicken Frauen Fotos von ihren Penissen. Fragen Sie mich nicht, warum.

VORSITZENDE

Haben Sie damals die Absender angezeigt?

SCHLÜTER

Ja. Aber ich weiß nicht, was daraus geworden ist.

VORSITZENDE

Wann haben Sie sich entschieden, mit der Polizei zu reden?

SCHLÜTER

Valerie hat bei mir übernachtet.

VORSITZENDE

Hat Ihre Freundin Sie dazu überredet?

SCHLÜTER

Nein, überhaupt nicht. Ich habe ihr nur erzählt, was ich alles befürchten würde.

VORSITZENDE

Gab es noch etwas anderes, was Sie zurückhielt.

SCHLÜTER

Ich habe sehr mit mir gerungen, ob ich ihn überhaupt anzeigen soll. Ich wusste ja, dass das auch sein Leben zerstören könnte.

VORSITZENDE

Sie waren am 17.8. bei der Polizei. Drei Tage nach der Tat.

SCHLÜTER

Ja. Am nächsten Morgen sind Valerie und ich aufs Land

gefahren. Sie hat dort ein kleines Haus. Wir sind stundenlang spazieren gegangen. Abends sind wir zurück, haben bei mir übernachtet, und am nächsten Vormittag habe ich bei der Polizei angerufen.

VORSITZENDE

Gut. Wie lange waren Sie in der Wohnung des Angeklagten?

SCHLÜTER

Vielleicht zweieinhalb Stunden.

VORSITZENDE

Wann haben Sie seine Wohnung verlassen?

SCHLÜTER

Ich war um 19 Uhr zu Hause. Als die Nachrichten im Zweiten begannen. Mein Fernseher schaltet sich immer um sieben Uhr ein. Ich musste ihn ausschalten.

VORSITZENDE

Das bedeutet?

SCHLÜTER

Dass ich ungefähr um Viertel vor sieben dort losgefahren sein muss. Es ist ja nicht weit. Vielleicht 12, 15 Minuten mit dem Taxi.

VORSITZENDE

Danke.

Blättert in den Akten, flüstert mit den Beisitzern.

Richtig. Ich habe noch eine Nachfrage.

SCHLÜTER

Ja?

VORSITZENDE
Ich möchte noch einmal auf das Kleid zurückkommen.

SCHLÜTER
Ja.

Die Vorsitzende flüstert etwas zur Protokollführerin. Die Protokollführerin tippt auf ihrem Computer. Auf den Bildschirmen wird ein Polizeifoto des Kleides gezeigt. Das Foto bleibt auch nach der Befragung durch die Vorsitzende stehen.

VORSITZENDE
Ist es dieses Kleid?

SCHLÜTER
Ja.

VORSITZENDE
Nach den Akten hat die Polizei dieses Kleid in Ihrer Wohnung sichergestellt. Band 2, Blatt 49.

SCHLÜTER
Ja. Ich hatte den Polizisten während der ersten Vernehmung meinen Schlüssel gegeben. Sie sind hingefahren und holten das Kleid ab.

VORSITZENDE
Danke. Dann habe ich keine Fragen mehr. Die Staatsanwaltschaft bitte.

HEISE
Welche körperlichen Folgen hatte die Tat für Sie?

SCHLÜTER
Körperlich keine.

HEISE

Und psychisch?

SCHLÜTER

Das ist kompliziert. Es ist ... ja, eigentlich ist es so, dass ich jetzt Schwierigkeiten mit mir selbst habe.

HEISE

Könnten Sie das näher erläutern?

SCHLÜTER

Ich weiß nicht, ob Sie das verstehen können. Ich fühle mich so, als gehöre ich mir nicht mehr. Als sei etwas abgespalten worden.

HEISE

Hm.

SCHLÜTER

Er hat nur meinen Körper gebraucht. Es ging nicht um mich als Mensch.

HEISE

Hält dieses Gefühl an?

SCHLÜTER

Ja.

HEISE

Sind Sie deshalb in psychologischer Behandlung?

SCHLÜTER

Ich versuche es noch einmal.

HEISE

Bitte.

SCHLÜTER

Ich habe mein Grundvertrauen verloren. Meine Selbstsicherheit. Ich bin … ja, ich bin nicht mehr ganz. Und ja, ich bin in psychologischer Behandlung, dreimal die Woche.

HEISE

Hatten die Tat und Ihre psychologische Behandlung auch Auswirkungen auf Ihren Beruf?

SCHLÜTER

Ja.

HEISE

Welche?

SCHLÜTER

Als Moderatorin dieser Talkshow braucht man ein hohes Selbstbewusstsein. Es sind Politiker aus der ersten Reihe, Topmanager, führende Wissenschaftler und so weiter eingeladen. Diesen Beruf kann man nur ausüben, wenn man seinen Gästen ganz gegenübertritt. Im Moment bin ich nicht mehr ganz. Ich kann meine Sendung deshalb derzeit nicht mehr moderieren.

HEISE

Und Ihre Ehe?

Schlüter sieht zu Biegler. Biegler nickt.

SCHLÜTER

Sie ist zerbrochen.

HEISE

Sie haben sich getrennt?

SCHLÜTER

Mein Mann hielt das nicht aus. Ich kann das verstehen.

HEISE
Was?
SCHLÜTER
Das alles. Meinen Betrug. Dieses Strafverfahren. Den Prozess jetzt. Ja, meine Ehe ist vorbei. Ich bin aus unserem gemeinsamen Haus ausgezogen. Ich habe das Haus geliebt. Ich wohne jetzt in der kleinen Mietwohnung in Berlin. Meine Kinder sehe ich nur an den Wochenenden. Sie sollen nicht darunter leiden und in unserem Haus bleiben und in München weiter zur Schule gehen können.
HEISE
Vielen Dank, Frau Schlüter.
VORSITZENDE
Der Vertreter der Nebenklage. Herr Biegler, haben Sie Fragen an Ihre Mandantin?
BIEGLER
Nein.
VORSITZENDE
Dann die Verteidigung.
BRESLAU
Frau Schlüter, mein Name ist Breslau, ich verteidige Herrn Dr. Thiede.
SCHLÜTER
Ich weiß.
BRESLAU
Sie haben gesagt, Sie seien früher schon in der Wohnung von Herrn Dr. Thiede gewesen.

SCHLÜTER

Ja.

BRESLAU

Erinnern Sie sich, wie Sie früher in die Wohnung kamen? Mit dem privaten Aufzug im Seiteneingang oder durch den Haupteingang?

SCHLÜTER

Wir sind immer durch die Lobby gegangen.

BRESLAU

Wie oft war das der Fall?

SCHLÜTER

Zwei oder drei Mal.

BRESLAU

Und hat Herr Dr. Thiede gesagt, warum Sie dieses Mal durch den Seiteneingang gingen?

SCHLÜTER

Er wollte nicht, dass wir zusammen gesehen werden. Sein privater Aufzug wird nicht überwacht.

BRESLAU

Es gibt in dem privaten Eingang von Herrn Dr. Thiede keine Kameras, richtig. Im Gegensatz zur überwachten Lobby.

SCHLÜTER

Ja.

BRESLAU

Und das wussten Sie.

SCHLÜTER

Ja.

BRESLAU

Gut. Sie haben gesagt, Sie hätten an diesem 14. August das Chanel-Kleid getragen.

Breslau zeigt auf den Bildschirm.

SCHLÜTER

Ja, das stimmt.

BRESLAU

Besitzen Sie dieses Kleid mehrfach?

SCHLÜTER

Nein.

BRESLAU

Sie haben es also nur einmal gekauft?

SCHLÜTER

Ja.

BRESLAU

Gekauft?

SCHLÜTER

Was möchten Sie wissen?

BRESLAU

War es nicht so, dass Herr Thiede Ihnen dieses Kleid geschenkt hat?

SCHLÜTER

Ja, das stimmt.

BRESLAU

Wissen Sie noch, wann das war?

SCHLÜTER

Vor drei Jahren etwa.

VORSITZENDE

Ich verstehe die Fragen nicht.

BIEGLER

Ich bin froh, dass Sie das jetzt mal gesagt haben.

BRESLAU

Zur Vorsitzenden.

Bitte, Frau Vorsitzende, nur einen Moment.

Zu Schlüter.

Trugen Sie das Kleid auch früher einmal, wenn Sie ihn getroffen haben?

SCHLÜTER

Natürlich.

BRESLAU

Trugen Sie es auch, als Herr Dr. Thiede und Sie sich am 22. April getrennt haben?

SCHLÜTER

Im Hotel *Lexington*?

BRESLAU

Ja.

SCHLÜTER

Gut möglich.

BRESLAU

Zur Vorsitzenden.

Könnten Sie bitte das Beweisstück 23 abspielen lassen?

Die Vorsitzende dreht sich zur Protokollführerin und flüstert etwas. Auf den Bildschirmen erscheint ein kurzer Film. Er zeigt Thiede und Schlüter in einer Empfangshalle. Der Film bleibt mit dem letzten Bild auf den Bildschirmen stehen.

BRESLAU

Erkennen Sie die Halle?

SCHLÜTER

Das ist das *Lexington.*

BRESLAU

Das Hotel bewahrt aus Sicherheitsgründen die Überwachungsvideos zwölf Monate auf. Wir konnten sie sichern. Dieses Video zeigt den 22. April letzten Jahres. Den Tag, an dem Sie sich getrennt haben.

SCHLÜTER

Ja.

BRESLAU

Nun sehen Sie bitte genau hin. Tragen Sie dort das Chanel-Kleid?

SCHLÜTER

Ja, das ist mein Kleid, richtig.

BRESLAU

Gut. Ist es nicht möglich, dass die Spermaspuren auf dem Kleid von diesem Treffen stammen?

SCHLÜTER

Was?

BRESLAU

Sie haben gesagt, dass Sie an diesem Tag mit Herrn Thiede Sex hatten. Und das Kleid war in dem Hotelzimmer. Da liegt es nahe, dass …

SCHLÜTER

Unterbricht.

Ich verstehe. Aber das ist nicht möglich.

BRESLAU

Warum?

SCHLÜTER

Weil ich das Kleid sofort hätte reinigen lassen.

BRESLAU

Oder eben nicht.

BIEGLER

Was?

Breslau steht auf und nimmt einige Blatt Papier von ihrem Tisch. Sie geht damit zu Schlüter, zur Vorsitzenden und zu Biegler. Sie spricht im Gehen.

BRESLAU

Das hier ist eine Auskunft des Deutschen Wetterdienstes. Danach herrschten letztes Jahr am 14. August in Berlin und Brandenburg hochsommerliche Temperaturen. Es war zwischen 32 und 37 Grad warm.

BIEGLER

Was wird denn das? Geht es jetzt um den Klimawandel?

BRESLAU

Um 18 Uhr 30, also etwa zu der Zeit, als Sie die Wohnung wieder verließen, waren es noch 33 Grad.

BIEGLER

Es sieht so aus. Tatsächlich wohl ein Wettervortrag.

BRESLAU

Zur Vorsitzenden.

Können wir bitte das Beweisstück 24 sehen?

Die Vorsitzende dreht sich zur Protokollführerin und flüstert etwas. Auf den Bildschirmen erscheint ein kurzer Film. Er zeigt Schlüter in einer kleinen Lobby.

BRESLAU

Wissen Sie, wo das ist.

SCHLÜTER

Das ist die Lobby im Haus von Christians Wohnung.

BRESLAU

Ja. Dort ist die Kamera installiert. 18:41:22 am 14.08. steht auf der Videozeitangabe, fast Viertel vor sieben. Also so, wie Sie sagten.

SCHLÜTER

Ja.

BRESLAU

Ist das der Moment, in dem Sie das Haus verließen?

SCHLÜTER

Ja.

BRESLAU

Was tragen Sie auf den Bildern?

SCHLÜTER

Meinen Mantel.

BRESLAU

Einen weißen Mantel, der bis oben hin zugeknöpft ist.

SCHLÜTER

Ja.

BRESLAU

Bei 33 Grad.

BIEGLER

Ich sehe ja auch gerne Filme. Aber niemand versteht noch, was das mit der Vergewaltigung zu tun haben soll. Kommen Sie endlich mal zum Punkt.

VORSITZENDE

Herr Biegler, ich muss Sie schon wieder ermahnen. Ich führe die Verhandlung, nicht Sie. Allerdings muss ich Herrn Biegler recht geben, Frau Verteidigerin. Ich verstehe es auch nicht mehr.

BRESLAU

Bitte, ich brauche nur noch einen Moment. Frau Schlüter, Sie trugen trotz der enormen Hitze einen zugeknöpften Mantel. Warum?

SCHLÜTER

Ich wurde gerade vergewaltigt. Es war ein Schutz. Ich weiß es nicht. Wieso spielt das eine Rolle?

BRESLAU

Ist es nicht seltsam, dass Sie an diesem Tag ausgerechnet das Kleid trugen, das Ihnen Herr Thiede geschenkt hat?

SCHLÜTER

Das war Zufall.

BRESLAU

Und ist es nicht seltsam, dass niemand Sie an diesem Tag in dem Kleid gesehen hat?

SCHLÜTER

Die Kellner im Café zum Beispiel.

BRESLAU

Die sind alle befragt worden, erinnern sich aber nicht. Den einzigen objektiven Beweis für das Kleid hätte also die Kamera in der Lobby liefern können.

SCHLÜTER

Ich verstehe Sie nicht.

BRESLAU

Trugen Sie an diesem Tag nicht vielleicht ein ganz anderes Kleid?

SCHLÜTER

Was?

BRESLAU

Fuhren Sie nicht später nach Hause, suchten das spermabefleckte Chanel-Kleid heraus und legten es für die Polizei bereit?

BIEGLER

Was reden Sie denn da?

BRESLAU

Ignoriert Bieglers Einwurf.

Sie hatten drei Tage Zeit, zur Polizei zu gehen. Sie taten nichts.

SCHLÜTER

Ich …

BIEGLER

Halt!

BRESLAU

Es ist doch absurd anzunehmen, dass das Opfer einer Vergewaltigung nach der Tat eine Stunde neben dem Täter sitzt und nach dem Wort »etruskisch« sucht.

SCHLÜTER

Es ist die Wahrheit.

BIEGLER

Ich sagte: Es reicht.

BRESLAU

Ich will Ihnen sagen, was in Wirklichkeit passiert ist. Sie haben sich am 22. April nicht einverständlich getrennt. Herr Thiede hat Ihnen in diesem langen Telefonat erklärt, dass er zu seiner Familie zurückgehen würde. Er hat sich von Ihnen getrennt.

SCHLÜTER

Nein.

BRESLAU

Sie dachten vier Monate später in seiner Wohnung auch nicht über »etruskisch« nach, Frau Schlüter. Sie dachten darüber nach, wie Sie sich rächen könnten. Wie Sie eine stimmige Vergewaltigungsgeschichte inszenieren könnten. Es stimmt, Sie haben Herrn Thiede zufällig getroffen und sind mit ihm in seine Wohnung gegangen. Aber dort wurde Ihnen klar, dass jetzt Ihre große Chance auf Rache gekommen war.

SCHLÜTER

Hören Sie auf damit.

BRESLAU

Sie mussten es nur noch richtig inszenieren. Natürlich hätten Sie die Wohnung durch den Nebenausgang wieder verlassen können. Aber die Kamera in der Lobby konnte beweisen, dass Sie in der Wohnung waren. Das brauchten Sie.

SCHLÜTER

Nein.

BRESLAU

Nur: Sie hatten das falsche Kleid an. Sie wollten aber das spermabefleckte Kleid von der Trennung ins Spiel bringen. Das Kleid, das ein Beweis für eine Vergewaltigung sein sollte. Und nur deshalb schlossen Sie den Mantel bis oben hin. Das war brillant: So konnte die Kamera zwar Sie festhalten, aber nicht, dass Sie das Chanel-Kleid gar nicht trugen.

SCHLÜTER

Nein.

BRESLAU

Frau Schlüter, in der Wohnung von Herrn Thiede ist nichts passiert, außer dass Sie sich unterhalten haben. Sie wurden nicht vergewaltigt. Sie wurden vier Monate zuvor verlassen und wollten sich dafür jetzt rächen. So war es.

SCHLÜTER

Nein, nein, nein.

BIEGLER

Steht auf.

Frau Vorsitzende, ich beanstande diese Fragen und diese Art der Befragung. Das ist eine Unverschämtheit.

VORSITZENDE

Offen gesagt, Herr Biegler, ist das das Recht der Verteidigung. Zudem hat die Verteidigung zuletzt keine Fragen gestellt. Ich weiß also nicht, was der Inhalt Ihrer Beanstandung ist. Worüber soll ich entscheiden?

BRESLAU

Ich habe keine weiteren Fragen.

VORSITZENDE

Gut. Die Zeugin bleibt als Geschädigte unvereidigt und ist mit Dank entlassen. Frau Schlüter, Sie können sich neben Herrn Biegler setzen und der Verhandlung folgen, müssen das aber nicht. Es ist Ihnen freigestellt.

Schlüter nickt, geht zur Bank der Nebenklage und setzt sich neben Biegler.

BIEGLER

Dann möchte ich mich zu dieser Beweiserhebung erklären.

VORSITZENDE

Bitte.

BIEGLER

Ich habe in meinem Leben schon viele dumme Geschichten gehört. Diese hier gehört sicher zu den dümmsten. Bitte, meine Damen und Herren Richter, denken Sie nur einen Moment lang nach: Wenn Frau Schlüter Herrn Thiede zu Unrecht beschuldigen wollte, warum hat Sie es dann nicht direkt nach der Trennung getan? Nach dem langen Telefonat? Dort hatte sie doch schon alles. Den gemeinsamen Aufenthalt im Hotel und ein spermabeflecktes Kleid, wie die Verteidigung behauptet. Die Demütigung und Kränkung, die ihr die Verteidigung andichtet, wäre noch frisch und deshalb umso schmerzhafter gewesen. Warum also ging Frau Schlüter damals nicht zur Polizei? Warum nicht gleich die Rache? Ich sage Ihnen, warum. Weil es blanker Unsinn ist. Die ganze Konstruktion der Verteidigung ist ebenso albern wie lebensfremd.

BRESLAU

Frau Vorsitzende, auch ich möchte mich zu der Beweiserhebung erklären.

VORSITZENDE

Bitte, Frau Verteidigerin.

BRESLAU

Wir haben alle hier die Manieren – oder, besser gesagt, die fehlenden Manieren – des Herrn Biegler kennengelernt. Ich will darauf nicht eingehen. Aber zu dem »albern und lebensfremd« muss ich doch etwas sagen. Verehrte Damen und Herren Richter, es gab natürlich einen Grund, warum Frau Schlüter nicht sofort zur Polizei gehen konnte. Einen sehr einfachen und sehr klaren Grund. Frau Vorsitzende, könnten wir bitte das Beweisstück 25 sehen?

Die Vorsitzende dreht sich erneut zur Protokollführerin und flüstert etwas. Auf den Bildschirmen erscheint ein weiterer kurzer Film. Wir sehen wieder die Lobby des Lexington *wie zuvor. Aber nun ist der Film ein kleines Stück länger. Zunächst sehen wir, wie Thiede die Rechnung bezahlt, während Schlüter neben ihm steht. Dann gehen die beiden zum Ausgang – das ist der Ausschnitt, den wir zuvor gesehen haben. Aber der Film geht über den Ausschnitt hinaus, wir sehen, wie sich Schlüter und Thiede vor dem Ausgang innig umarmen und küssen.*

BRESLAU

Das ist der Grund. So verhält sich keine Frau, die gerade vergewaltigt wurde. Das hätte ihr niemand geglaubt. Deshalb konnte sie damals nicht zur Polizei gehen, sondern musste auf eine andere Gelegenheit warten. Und diese Gelegenheit tat sich eben vier Monate später an diesem 14. August in der Wohnung von Herrn Dr. Thiede auf. Frau Schlüter musste sie jetzt nur noch nutzen.

VORSITZENDE

Ich danke Ihnen für Ihre Prozesserklärungen. Aber bitte halten Sie sich daran – diese Erklärungen sind keine vorweggenommenen Plädoyers. Wir kommen sonst auch einfach nicht durch unser Programm. So, wir hören nun Frau Reuther, die Ermittlungsführerin in dieser Sache.

Zum Wachtmeister.

Bitte Frau Reuther.

Der Wachtmeister verlässt den Saal und kommt mit Frau Reuther zurück. Die Polizistin REUTHER *setzt sich auf den Zeugenstuhl. Sie legt vor sich eine rote, geschlossene Akte.*

VORSITZENDE

Guten Morgen, Frau Reuther.

REUTHER

Guten Morgen.

VORSITZENDE

Frau Reuther, bitte geben Sie zunächst Ihre Personalien zu Protokoll.

REUTHER

Mein Name ist Frauke Reuther, ich bin 49 Jahre alt, wohne in Berlin, bin mit dem Angeklagten nicht verwandt und nicht verschwägert.

VORSITZENDE

Danke. Sie sind als Zeugin verpflichtet, die Wahrheit zu sagen. Auch uneidliche Falschaussagen sind mit hohen Strafen bedroht.

REUTHER

Ja.

VORSITZENDE

Sie sind beim Landeskriminalamt die Leiterin der Dienststelle für Sexualdelikte?

REUTHER

Das ist richtig.

VORSITZENDE

Und Sie waren mit den Ermittlungen in diesem Fall betraut.

REUTHER

Ja.

VORSITZENDE

Bitte schildern Sie uns zunächst die Vernehmungssituation von Frau Schlüter.

REUTHER

Frau Schlüter rief am 17. August des letzten Jahres über den Notruf 110 die Polizei an.

VORSITZENDE

Das war drei Tage nach dem angezeigten Vorfall.

REUTHER

Ja. Da kein Notfall vorlag, wurde sie an unsere Fachdienststelle verwiesen.

VORSITZENDE

Haben Sie den Anruf selbst entgegengenommen?

REUTHER

Nein, eine Kollegin. Ich wurde dann aber mit Frau Schlüter verbunden. Ich schlug vor, ihr einen Wagen zu schicken, aber sie sagte, sie wolle selbst kommen.

VORSITZENDE

Und dann?

REUTHER

Etwa eine halbe Stunde später erschien Frau Schlüter in unserer Dienststelle. Ich habe sie in das Vernehmungszimmer gebeten, und wir haben mit der Vernehmung begonnen.

VORSITZENDE

War Frau Schlüter bereit, sich bei Ihnen zu äußern?

BIEGLER

Mein Gott, deshalb ist sie ja dorthin gefahren. Ich bitte Sie, Frau Vorsitzende. Frau Schlüter ist doch nicht die Beschuldigte. Auch wenn das bei Ihnen immer wieder anders klingt: Sie ist das Opfer.

BRESLAU

Das vermeintliche Opfer immer noch.

BIEGLER

Sie ist genauso wenig ein vermeintliches Opfer, wie Sie eine vermeintliche Verteidigerin sind.

Leise, aber hörbar.

Auch wenn ich mir da mittlerweile nicht mehr so sicher bin.

BRESLAU

Was haben Sie gesagt?

BIEGLER

Vermeintlich gesagt.

VORSITZENDE

Herr Biegler, jetzt lassen Sie das. Auch wenn Sie uns das immer wieder unterstellen: Das Gericht ist nicht Ihr Feind.

Zu Reuther.

Also, sagte Frau Schlüter bei Ihnen aus?

REUTHER

Ja.

VORSITZENDE

Wie oft?

REUTHER

Sechs Mal.

VORSITZENDE

Warum so oft?

REUTHER

Es waren sehr genaue Vernehmungen. Sehr ausführliche. Wir befragten Frau Schlüter nach allen Einzelheiten. Manchmal ergaben die weiteren Ermittlungen neue Erkenntnisse, zu denen wir dann wiederum Nachfragen an Frau Schlüter hatten.

VORSITZENDE

Gab es Abweichungen?

REUTHER

In den Vernehmungen?

VORSITZENDE

Ja. Also wichen die einzelnen Aussagen von Frau Schlüter voneinander ab?

REUTHER

Nein. Sie blieben gleich.

VORSITZENDE

Gut. Wir haben Frau Schlüter bereits gehört. Auch dort gibt es keine Abweichungen zu Ihren Vernehmungen. Dann würde ich jetzt das Fragerecht weitergeben. Gibt es Fragen?

BRESLAU

Ja, danke. Frau Reuther, bei dem ersten Anruf von Frau Schlüter auf Ihrer Dienststelle – wie wirkte sie da am Telefon?

REUTHER

Ich würde sagen ... sehr ruhig ... sehr gefasst ... kühl.

BRESLAU

Sie wirkte kühl?

REUTHER

Den Eindruck machte sie.

BRESLAU

Kein Weinen? Kein Zittern in der Stimme? Keine Aufregung? Kein Verhaspeln? Irgendetwas Ähnliches?

REUTHER

Nein.

BRESLAU

Kühl und überlegt? Kann man das so sagen?

REUTHER

Ja.

BRESLAU

Und als Frau Schlüter zur Vernehmung erschien. War sie da nervös? Durcheinander?

BIEGLER

Nein, Frau Vorsitzende, so geht das nicht. Ich muss das schon wieder beanstanden. Die Zeugin kann doch unmöglich wissen, ob Frau Schlüter nervös oder durcheinander war. Sie kann nur ihren eigenen Eindruck schildern, nicht das, was in Frau Schlüter tatsächlich vorgegangen ist.

VORSITZENDE

Das ist richtig. Bitte, Frau Verteidigerin.

BRESLAU

Also, wie wirkte Frau Schlüter auf Sie?

REUTHER

Ich würde sagen: gefasst.

BRESLAU

Gefasst also. Ja. Frau Schlüter wirkte gefasst. Ich verstehe. Sie sind nun seit fast 25 Jahren in dieser Fachdienststelle. Sie verfügen über eine enorme Erfahrung in solchen Verfahren. Können Sie …

BIEGLER

Unterbricht.

… sagen Sie doch gleich, die Polizistin ist Gott.

VORSITZENDE

Herr Biegler!

BRESLAU

Zu Reuther.

Können Sie sagen, ob sich Frau Schlüter wie das Opfer einer Vergewaltigung verhielt?

BIEGLER

Das beanstande ich. Was ist das denn für eine Frage? Jeder Mensch verhält sich doch vollkommen unterschiedlich. Wenn überhaupt, dann müssten Sie schon konkreter fragen. Nämlich, ob alle 48-jährigen Fernsehmoderatorinnen, die von 59-jährigen Vorstandsvorsitzenden in ihren

Wohnungen vergewaltigt wurden, sich so verhalten, wie Frau Schlüter das tat. Ich vermute, die Berufserfahrung der Polizistin ist da eher gering.

VORSITZENDE

Ich kann nicht erkennen, weshalb die Frage unzulässig sein soll. Die Verteidigerin hat die Zeugin nach ihrer professionellen Einschätzung gefragt. Nicht nach der Glaubhaftigkeit der Aussage von Frau Schlüter. Es geht nur um die Bewertung einer Situation durch eine erfahrene Kriminalbeamtin.

BIEGLER

... die überaus beeinflussend ist. Deshalb fragt die Verteidigerin danach. Sie war meine Referendarin. Sie ist klug.

VORSITZENDE

Die Glaubwürdigkeit von Frau Schlüter und die Glaubhaftigkeit ihrer Aussage wird das Gericht selbst beurteilen. Ich lasse die Frage zu.

REUTHER

Was soll ich denn jetzt beantworten?

BRESLAU

Ob Frau Schlüter sich Ihrer Einschätzung nach verhielt wie ein Vergewaltigungsopfer.

REUTHER

Wie soll ich es sagen?

BIEGLER

Gar nicht am besten.

REUTHER

Ich würde sagen, Frau Schlüter, na ja, sie verhielt sich der Situation unangemessen.

BIEGLER

Würden Sie das sagen oder sagen Sie das?

VORSITZENDE

Das ist das Fragerecht der Verteidigung. Hören Sie damit auf, ständig alle zu unterbrechen!

BRESLAU

Unangemessen? Was meinen Sie damit?

REUTHER

Ich habe mich über sie gewundert.

BRESLAU

Sie haben sich gewundert?

REUTHER

Ja.

BRESLAU

Warum?

REUTHER

Weil Frau Schlüter ganz und gar ohne Emotionen ausgesagt hat. Ich kenne kein Vergewaltigungsopfer, das sich so verhält.

BRESLAU

Danke.

VORSITZENDE

Herr Biegler?

BIEGLER

Frau Reuther, sagen Sie, wann haben Sie von der Spermaspur auf dem Kleid erfahren?

REUTHER

Am Tag nach der Vernehmung von Frau Schlüter.

BIEGLER
Und wann haben Sie sich das Video aus der Lobby im Haus des Angeklagten angesehen?

REUTHER
Wir haben es sofort sichergestellt, weil diese Sicherheitssysteme oft die Aufzeichnung überschreiben.

BIEGLER
Wann haben Sie sich das Video angesehen?

REUTHER
Vielleicht ein oder zwei Tage nach der ersten Vernehmung von Frau Schlüter.

BIEGLER
Wann haben Sie das Ergebnis der Gerichtsmedizin bekommen, dass an dem Kleid eine Spermaspur war?

REUTHER
Einen Tag nach der Vernehmung von Frau Schlüter.

BIEGLER
Verstehe. Ich fasse das mal zusammen. Sie wussten spätestens am zweiten Tag nach der Vernehmung, dass auf dem Kleid eine Spermaspur gefunden wurde und dass Frau Schlüter einen Mantel trug. Richtig?

REUTHER
Richtig.

BIEGLER
Und wann haben Sie den Mantel sichergestellt?

REUTHER
Was?

Biegler steht auf und geht zur Zeugin. In der Hand hat er die Papiertüte aus der Bäckerei.

BIEGLER

In dieser Tüte ist ein wunderbares Croissant.

REUTHER

Was?

BIEGLER

Sie wissen sicher, dass man Croissants nicht dauernd essen sollte. Die Transfette verstopfen Ihre Blutgefäße. Das Ganze ist scheußlich. In den Teig des Croissants werden sogenannte Ziehfette eingezogen. Anders gesagt, sie machen dick, nicht lange satt und bestehen aus Fett und Zucker.

REUTHER

Was wollen Sie?

BIEGLER

Ich kaufe trotzdem jeden Morgen ein Croissant. Sie schmecken einfach zu gut.

VORSITZENDE

Was soll das, Herr Biegler?

Biegler nimmt das Croissant aus der Tüte und legt es auf seinen Tisch.

BIEGLER

Ich werde es nachher essen. Zu einem Kaffee.

VORSITZENDE

Herr Biegler!

BIEGLER

Aber es gibt ein Problem mit diesem Croissant: Die Tüte fettet durch. Bis zum Mittag trieft sie von Fett, verstehen Sie das? Das ist ein bisschen eklig in der Aktentasche.

Biegler reißt die Tüte auf.

REUTHER

Was?

Biegler steht neben dem Zeugentisch. Mit Wucht haut er die Tüte auf die rote Akte der Zeugin. Reuther fährt zurück. Biegler nimmt die Tüte von der Akte. Auf der Akte ist ein großer Fettfleck.

BIEGLER

Sehen Sie das?

REUTHER

Was ist bloß mit Ihnen los?

BIEGLER

Sehen Sie diesen Fettfleck?

Biegler hält die Akte der Zeugin so, dass jeder den Fettfleck sehen kann. Dann wirft er die Akte wieder auf den Tisch der Zeugin und geht zurück zu seinem Platz.

BIEGLER

Verstehen Sie es immer noch nicht? Wenn auf dem Kleid eine Spermaspur war und Frau Schlüter den engen Mantel geschlossen trug, war diese Spur auch auf der Innenseite des Mantels. Die Spermaspur hatte sich an dem Mantel befunden, wie das Fett der Croissanttüte jetzt auf Ihrer Akte. Also, Frau Zeugin, wann haben Sie den Mantel sichergestellt, um ihn auf Sperma untersuchen zu lassen?

REUTHER

Ich … Ich … Der Mantel ist nicht sichergestellt worden.

BIEGLER

Nicht sichergestellt, ja. Nicht untersucht. Nichts.

REUTHER

… Nein.

BIEGLER

Sie haben Ihren Job nicht richtig gemacht, Frau Zeugin. Sie haben geschlampt und der Verteidigung so die Vorlage geliefert, meine Mandantin unglaubwürdig zu machen.

REUTHER

Ich …

BIEGLER

Unterbricht.

Keine weiteren Fragen.

VORSITZENDE

Wenn es keine weiteren Fragen gibt …

Sieht die Prozessbeteiligten an.

… dann ist die Zeugin jetzt mit Dank entlassen.

REUTHER entfernt sich aus dem Saal.

BRESLAU

Frau Vorsitzende …

VORSITZENDE

Ja?

BRESLAU

Ich bitte ums Wort.

VORSITZENDE

Gut.

BRESLAU

Steht auf.

Nun, meine Damen und Herren Richter, es mag richtig sein, was Herr Biegler hier sagt. Ja, es kann durchaus zutreffen, dass die Kriminalbeamtin in diesem einen Punkt ihre Arbeit nicht … nicht ganz richtig gemacht hat. Ja, mag sein. Vielleicht. Aber, und auf dieses Aber kommt es entscheidend an: Das geht nicht zu Lasten meines Mandanten. Im Gegenteil. Mein Mandant war ja nicht Herr des Ermittlungsverfahrens, er konnte nicht bestimmen, was die Polizei tut, und er konnte nicht bestimmen, was sie nicht tut. Fest steht also nur, dass niemand weiß, ob Frau Schlüter das Chanel-Kleid tatsächlich an diesem Tag trug. Niemand. Und weil wir das nicht wissen, müssen wir zugunsten meines Mandanten davon ausgehen, dass sie es nicht trug. So einfach ist das. Das sind nun einmal die Regeln. Ich habe sie nicht gemacht, aber wir alle müssen uns danach richten und …

BIEGLER

Unterbricht.

Hören Sie schon auf mit dieser Verfassungslyrik. Das ist ja unerträglich.

BRESLAU

Mehr habe ich auch nicht dazu zu sagen.

Breslau setzt sich wieder.

VORSITZENDE

Gut. Dann machen wir jetzt weiter und hören die nächste Zeugin.

Zum Wachtmeister.

Ist Frau Valerie Maiburg da?

WACHTMEISTER

Ja.

Wachtmeister verlässt den Saal. Kehrt mit der Zeugin zurück, die zum Zeugenstuhl geht.

VORSITZENDE

Guten Tag.

MAIBURG

Guten Tag.

VORSITZENDE

Sie sind Valerie Maiburg?

MAIBURG

Ja.

VORSITZENDE

Bitte setzen Sie sich.

VORSITZENDE

Frau Maiburg, ich muss Sie belehren. Sie sind verpflichtet, hier die Wahrheit zu sagen, Sie dürfen nichts weglassen oder hinzufügen. Haben Sie das verstanden?

MAIBURG

Ja.

VORSITZENDE

Dann kommen wir zu Ihren Personalien. Sie heißen Valerie Maiburg.

MAIBURG

Ja.

VORSITZENDE

Wie alt sind Sie?

MAIBURG

48 Jahre.

VORSITZENDE

Was sind Sie von Beruf?

MAIBURG

Ich arbeite als Galeristin.

VORSITZENDE

Ist das Ihr erlernter Beruf?

MAIBURG

Nein. Ich habe Philosophie und Geschichte studiert.

VORSITZENDE

Und Sie wohnen in Berlin?

MAIBURG

Else-Lasker-Schüler-Straße 67.

VORSITZENDE

Danke. Frau Maiburg, wir haben hier Frau Schlüter bereits gehört. Soweit ich erkennen kann, gibt es keine Abweichungen zwischen Ihrer Aussage und den Aussagen von Frau Schlüter. Ich möchte Ihnen daher nur sehr wenige Fragen stellen.

MAIBURG

Ja.

VORSITZENDE

Hat Ihnen Frau Schlüter irgendwann einmal vor diesem Tag von Herrn Thiede erzählt?

MAIBURG

Nein. Aber ich wusste es.

VORSITZENDE

Was wussten Sie?

MAIBURG

Dass sie einen Geliebten hat. Sie hat nur nie gesagt, wer es ist.

VORSITZENDE

Sie wussten also nicht, dass es Herr Dr. Thiede war?

MAIBURG

Katharina wollte ihn schützen.

VORSITZENDE

Und wussten Sie, dass sich Frau Schlüter und ihr Geliebter getrennt hatten?

MAIBURG

Ja, das sagte sie mir irgendwann. Es war ihr auch anzusehen.

VORSITZENDE

Sie litt unter der Trennung?

MAIBURG

Sehr.

VORSITZENDE

Hat Sie Ihnen zu diesem Zeitpunkt gesagt, dass Herr Dr. Thiede ihr Geliebter war?

MAIBURG

Nein.

VORSITZENDE

Kannten Sie den Trennungsgrund?

MAIBURG

Katharina ist sehr verschlossen. Sie sagte mir nur, sie hätten sich getrennt. Sie nannte keinen Grund und keine näheren Umstände.

VORSITZENDE

Haben Sie nicht danach gefragt?

MAIBURG

Ich kenne sie gut genug. Nein, das habe ich nicht.

VORSITZENDE

Sie wissen also auch nicht, von wem die Trennung ausging?

MAIBURG

Nein.

VORSITZENDE

Gut. Dann ganz allgemein: Haben Sie zu irgendeinem Zeitpunkt Zweifel an den Schilderungen von Frau Schlüter gehabt?

MAIBURG

Nein, nie.

VORSITZENDE

Sie kennen, wie Sie sagen, Frau Schlüter sehr gut. Gibt es Ihrer Ansicht nach einen Grund, warum sie den Angeklagten falsch beschuldigen sollte?

MAIBURG

Überhaupt nicht. So etwas wäre ihr völlig wesensfremd. Im Gegenteil. Sie hat furchtbar mit sich gerungen, ob sie ihn überhaupt anzeigen soll. Ich halte es für absolut ausgeschlossen, dass sie die Unwahrheit sagt.

VORSITZENDE

Dann habe ich keine weiteren Fragen. Die Verteidigung, bitte.

BRESLAU

Wie wir gehört haben, sind Sie und Frau Schlüter engste Freundinnen.

MAIBURG

Ja.

BRESLAU

Sie vertrauen einander.

MAIBURG

Natürlich.

BRESLAU

Sie würden füreinander einstehen.

MAIBURG

Seltsame Frage, aber ja.

BRESLAU

Ist es da nicht durchaus vorstellbar, dass Sie Ihrer besten und engsten Freundin beistehen würden, auch wenn Sie selbst Zweifel hätten, ob sie Ihnen oder der Polizei in allem die Wahrheit gesagt hat?

BIEGLER

Das ist so unglaublich kindisch, Frau Kollegin. Wenn Sie die Frage aufrechterhalten, werde ich Sie beanstanden.

BRESLAU

Ich glaube, jedem im Gerichtssaal ist klar geworden, wie Frau Maiburg zu der Zeugin steht.

BIEGLER

Ja, jedem. Und auch wenn es in Ihre Welt offenbar nicht passt – die beiden sind Freundinnen. Und mehr ist dazu nicht zu sagen.

BRESLAU

Kommen wir zu etwas ganz anderem, Frau Maiburg.

MAIBURG

Ja?

BRESLAU

Ist Ihnen ein Mann namens Thomas Höcker bekannt?

MAIBURG

Ja.

BRESLAU

Wer ist das?

MAIBURG

Herr Höcker ist ein Personal Trainer.

BRESLAU

Sie trainieren mit ihm?

MAIBURG

Früher tat ich das.

BRESLAU

Nur Sie?

MAIBURG

... auch Frau Schlüter trainierte mit ihm, wenn Sie das wissen wollen.

BRESLAU

Er ist auch der Trainer von Frau Schlüter, ja.

MAIBURG

Er war der Trainer von Frau Schlüter.

BRESLAU

Wie oft trainierten Sie mit Herrn Höcker?

MAIBURG

Zweimal die Woche.

BRESLAU

Und Frau Schlüter?

MAIBURG

Auch.

BRESLAU

Und wie lange taten Sie das?

MAIBURG

Ich weiß nicht genau, etwa vier Jahre lang.

BRESLAU

Aha. Vier Jahre zweimal die Woche, das sind rund 400 Begegnungen. Man kennt sich also ganz gut.

MAIBURG

Jetzt kenne ich ihn.

BRESLAU

Man kommt sich näher …

MAIBURG

Er ist ein Trainer. Man kommt sich nicht näher als bis zum Training.

BRESLAU

Und man trifft sich auch privat?

MAIBURG

Nein. Nie.

BRESLAU

Nein? Aber mit diesem Personal Trainer, diesem Thomas Höcker – ich weiß nicht, wie ich das sagen soll –, machten Sie sich über andere lustig? Gossip? Klatsch? Und so weiter.

MAIBURG

Wie bitte?

BRESLAU

Haben Sie mit Herrn Höcker geklatscht?

MAIBURG

Nein.

BRESLAU

Zum Beispiel über Frau Schlüter?

MAIBURG

Nein.

BRESLAU

Ah.

BIEGLER

Was meinen Sie mit »Ah«? Ist das ein »Ah, ich habe es endlich verstanden«? Oder ein »Ah, ich bin in der Befragung doch wieder ausgeglitten«? Oder ist das ein »Ah, mir fällt jetzt einfach nichts mehr ein«?

Zur Vorsitzenden.

Vielleicht kann man die Frau Kollegin einmal daran erinnern, dass wir hier in einem Strafprozess sind? Was will sie eigentlich wissen?

VORSITZENDE

Herr Biegler hat nicht völlig unrecht.

BRESLAU

Zieht aus ihrer Aktentasche die Ausgabe einer Boulevardzeitung.

Dann zur Zeugin.

Wissen Sie, was das ist?

BIEGLER

Ein bunt bedrucktes Stück Papier?

BRESLAU

Am 14.12. macht die Zeitung mit der Schlagzeile auf: »DRAMAQUEEN – Beste Freundin über angebliches Opfer«. Erinnern Sie sich?

Herr Höcker sagt darin, Sie hätten Frau Schlüter eine »Dramaqueen« genannt. Ich frage Sie deshalb: Ist sie das?

Hält die Schlagzeile hoch.

Ist Frau Schlüter also das Gegenteil einer zurückhaltenden, einer um Wahrheit ringenden, einer um Aufrichtigkeit bemühten Frau? Ist sie nicht stattdessen jemand, der ganz übertrieben und melodramatisch reagiert, eine Frau, die sich in den Mittelpunkt drängt? Ist sie eine Dramaqueen?

BIEGLER

Das ist Ihr Trumpf, Frau Rechtsanwältin?

BRESLAU

Was?

BIEGLER

Ob das Ihr Trumpf ist? Eine Schlagzeile in einem Boulevardblättchen?

BRESLAU

Beantworten Sie jetzt meine Frage. Ist Frau Schlüter die Dramaqueen?

MAIBURG

Ohne Artikel.

BRESLAU

Was?

MAIBURG

Nur Dramaqueen. Nicht die Dramaqueen. Ohne Artikel.

BRESLAU

Beantworten Sie meine Frage.

MAIBURG

Das versuche ich gerade. Ja, ich habe Katharina Schlüter manchmal Dramaqueen genannt. Und ja, Herr Höcker wusste das. Herr Höcker hat das offenbar der Zeitung gesteckt. Insoweit ist der Vorgang von Ihnen zutreffend beschrieben.

BRESLAU

Ah. Frau Schlüter ist also eine Dramaqueen.

MAIBURG

Ich habe gesagt, dass Sie den Vorgang zutreffend beschrieben haben. Aber Ihre Interpretation ist nicht zutreffend. Sie ist falsch.

BRESLAU

So?

MAIBURG

Katharina Schlüter und ich waren zusammen im Internat seit wir 10 Jahre alt waren.

BRESLAU

Was hat das damit zu tun?

MAIBURG

Als wir 14 waren, nahmen wir im Unterricht Shakespeare durch. Shakespeare ist für 14-Jährige ein bisschen früh, finde ich, aber so war das eben, es war ein sehr konservatives Internat. Wir wurden regelmäßig vor der Klasse geprüft, im Stehen. Als Katharina drankam, war sie die Einzige, die alle 38 Dramen von Shakespeare mit einer kurzen Inhaltsangabe aufsagen konnte – und zwar fehlerfrei. Die Lehrerin, eine ältliche Nonne, die bis dahin noch nie jemanden gelobt hatte, sagte: »Katharina, Du bist die Dramaqueen.«

Dreht sich zu Breslau.

Seit diesem Tag, Frau Rechtsanwältin, heißt Katharina bei uns allen, bei ihren früheren Freundinnen, »Dramaqueen«. Nicht weil sie egozentrisch, melodramatisch und überkandidelt ist, sondern weil sie sämtliche Shakespeare-Dramen kannte. Herr Höcker hat diesen Namen mitbekommen und wollte ihn unbedingt auch immer verwenden. Und weil ich mir sehr gut vorstellen konnte, dass Sie heute diesen albernen Zeitungsartikel zitieren, habe ich alle mir noch bekannten Schülerinnen unserer damaligen Klasse angerufen und sie gebeten, mir eine E-Mail zu schreiben.

Maiburg öffnet ihre Handtasche und zieht einen Stapel Papier heraus.

Alle 17 Schülerinnen erinnern sich an diese Shakespeare-Geschichte. Alle nennen sie seit damals Dramaqueen. Und von allen stehen Name, Telefonnummer und Anschrift unter ihren E-Mails.

VORSITZENDE

Zeigt auf den Papierstapel.

Dürfen wir das bekommen?

MAIBURG

Deshalb habe ich es mitgebracht.

VORSITZENDE

Zum Wachtmeister.

Bitte.

Der Wachtmeister nimmt den Stapel vom Zeugentisch und übergibt ihn der Vorsitzenden.

VORSITZENDE

Gibt es noch weitere Fragen an die Zeugin? Nein? Anträge auf Vereidigung? Auch nicht? Dann ist die Zeugin mit Dank entlassen. Vielen Dank, Frau Maiburg.

MAIBURG

Gerne.

Maiburg steht auf und verlässt den Saal.

VORSITZENDE

Wenn es keine Erklärungen der Prozessbeteiligten gibt … nein? …, gut. Dann wollen wir jetzt Frau Professorin Altstedt hören. Herr Wachtmeister, bitte.

Wachtmeister verlässt den Saal, kommt mit ALTSTEDT *wieder.*

VORSITZENDE

Guten Tag, Frau Professorin.

ALTSTEDT

Das wünsche ich Ihnen auch.

VORSITZENDE

Kommen wir zuerst zu Ihren Personalien. Sie heißen Pia Altstedt?

ALTSTEDT

Ja.

VORSITZENDE

Wie alt sind Sie in vollen Jahren?

ALTSTEDT

41.

VORSITZENDE

Und Sie sind Hochschullehrerin?

ALTSTEDT

Ja, ich lehre am Institut für forensische Psychiatrie an der FU Berlin.

VORSITZENDE

Dann belehre ich Sie, dass Sie Ihr Gutachten hier nach bestem Wissen und Gewissen erstatten müssen, dass Sie nichts hinzufügen oder weglassen dürfen und dass auch uneidliche Falschaussagen mit hohen Strafen bedroht sind.

ALTSTEDT

Ja.

VORSITZENDE

Frau Professorin Altstedt, darf ich Sie zunächst bitten, uns Ihren Werdegang zu erläutern.

ALTSTEDT

Gerne. Ich habe in München an der Fakultät für Psychologie und Pädagogik studiert. 1989 wurde ich Wissenschaftliche Mitarbeiterin am Institut für forensische Psychiatrie an der FU Berlin. Seit 2014 bin ich dort Professorin für Forensische Psychologie. Ich forsche über die Methoden zur Beurteilung des Realitätsgehaltes von Aussagen, über das Geständnisverhalten und die sekundäre Viktimisierung, also die negativen Folgen für das Opfer nicht durch die Tat selbst, sondern durch Fehlreaktionen der Personen um sie herum, der Öffentlichkeit oder der Institutionen. Und ich bin, wie heute, als gerichtlich bestellte Sachverständige für Glaubhaftigkeitsbegutachtungen tätig.

VORSITZENDE

Vielen Dank. Es ist die ureigenste Aufgabe des Gerichtes, die Glaubwürdigkeit von Zeugen selbst zu beurteilen. Sie sollen deshalb in diesem Prozess auch kein Glaubwürdigkeitsgutachten erstatten, sondern uns ganz allgemein Auskunft zum Stand der Forschung geben.

ALTSTEDT

Gut.

VORSITZENDE

Frau Schlüter hat die Tat erst drei Tage später angezeigt. Sie hätte ohne Weiteres schon früher die Strafverfolgungsbehörden informieren können. Ist eine verspätete Anzeige bei Sexualdelikten grundsätzlich ein Indiz für oder gegen die Glaubhaftigkeit einer Aussage?

ALTSTEDT

Einen solchen Zusammenhang gibt es nicht.

VORSITZENDE

Ist das belegbar?

ALTSTEDT

Ja. Eine wissenschaftliche Studie aus dem Jahr 2006 kommt zum Ergebnis, dass nicht einmal die Hälfte der Taten unmittelbar zur Anzeige gebracht werden. Innerhalb der ersten drei Tage nach der Tat werden knapp

73 Prozent der Taten angezeigt, nach einem Monat rund 87 %. Oft vergeht aber auch mehr als ein Monat, bis es zur Anzeigenerstattung kommt, in Einzelfällen dauert es sogar Jahre.

VORSITZENDE

Der Zeitpunkt der Anzeigenerstattung sagt also nichts darüber aus, ob die Tat wirklich stattfand oder nicht.

ALTSTEDT

So ist es.

VORSITZENDE

Ein weiteres Thema hier in diesem Prozess war die Art und Weise, wie Frau Schlüter die Tat schilderte. Eine erfahrene Kriminalbeamtin meinte, Frau Schlüter habe …

Sieht in ihre Mitschrift.

… »ganz und gar ohne Emotionen ausgesagt«. Und sie fügte dann hinzu, dass sie kein Vergewaltigungsopfer kenne, das sich so verhalte. Was können Sie aus psychologischer Sicht dazu sagen?

ALTSTEDT

Es gibt keine zuverlässigen non-verbalen Indikatoren für Täuschung.

VORSITZENDE

Erklären Sie das bitte so, dass wir alle es verstehen.

BIEGLER

Danke.

ALTSTEDT

Die meisten Menschen glauben, jemand würde lügen,

wenn er einem nicht offen ins Gesicht schauen kann, wenn er den Blick senkt. Er rutscht nervös auf seinem Stuhl hin und her, er wird rot, er spricht mit höherer Stimme. Und so weiter. Alles angebliche Lügensignale.

VORSITZENDE

Ja.

ALTSTEDT

Es ist aber längst nachgewiesen, dass jedes dieser Anzeichen beides bedeuten kann. Er schaut zu Boden, weil er die Wahrheit sagt. Oder er schaut zu Boden, weil er lügt. Selbst bei derselben Person kann der Blick mal das eine, mal das andere bedeuten. Und deshalb kann man eben keine Schlüsse aus Blickrichtungen ziehen.

VORSITZENDE

Bedeutet es etwas, wenn jemand bei einer Aussage weint?

ALTSTEDT

Nein, genauso wenig wie das Zappeln oder das Rotwerden. Nur ist das Thema Weinen eben viel gefährlicher.

VORSITZENDE

Warum?

ALTSTEDT

Die meisten Menschen glauben, wer bei einer Aussage weint, würde die Wahrheit sagen. Sie sehen das in beinahe jedem zweitklassigen Film: Eine Schauspielerin beginnt zu weinen, und die Zuschauenden wissen: Jetzt sagt sie endlich die Wahrheit. Wenn dann in der Wirklichkeit jemand bei der Schilderung einer sehr belastenden Situation nicht weint, glauben viele Menschen, dass er lügt.

VORSITZENDE

Warum glauben sie das?

ALTSTEDT

Weil die gezeigte Emotion nicht ihren Erwartungen entspricht. Aber so ist das eben. Menschen können traurige Dinge heiter erzählen und heitere Dinge traurig.

VORSITZENDE

Ja.

ALTSTEDT

Die Erklärung der erfahrenen Polizeibeamtin offenbart leider aber noch ein ganz anderes Problem.

VORSITZENDE

Was meinen Sie?

ALTSTEDT

In der Wissenschaft sprechen wir von Vergewaltigungsmythen.

VORSITZENDE

Was soll das sein?

ALTSTEDT

Das sind tief im Bewusstsein der Gesellschaft verankerte Vorstellungen über Vergewaltigungen.

VORSITZENDE

Erklären Sie uns das bitte.

ALTSTEDT

Nehmen wir zum Beispiel den Mythos der wirklichen Vergewaltigung. Die sieht so aus: Eine unbescholtene Frau wird in einer dunklen Gasse von einem bewaffneten Mann aus dem Hinterhalt angegriffen, niedergerungen, vergewaltigt und dabei körperlich schwer verletzt. Das Opfer leistet verzweifelt und mit letzter Kraft Widerstand. Als alles vorbei ist, rafft sie ihre Kleider zusammen und geht schnurstracks zur Polizei. Das ist die wirkliche Vergewaltigung, wie sie in den meisten Köpfen verankert ist.

VORSITZENDE

Gut möglich.

ALTSTEDT

Ja. Aber das entspricht nicht den Tatsachen. Die meisten Vergewaltigungen finden nicht in dunklen Gassen statt, nicht einmal im öffentlichen Raum. Sie werden im sozialen Umfeld verübt, zu Hause, im Büro, bei Freunden, auf privaten Feiern und so weiter. Und nur selten ist der Vergewaltiger ein ganz Fremder, der große Unbekannte. Die meisten Opfer gehen auch nicht zur Polizei, und wenn doch, dann oft erst Stunden, Tage oder Wochen nach der Tat. Der Idealtypus der Vergewaltigung ist also nur ein Mythos in den Köpfen der Menschen.

VORSITZENDE

Und was bedeutet das?

ALTSTEDT

Die Regel lautet: Je weiter eine Tat von diesem falschen Idealtypus der Vergewaltigung abweicht, umso weniger wird dem Opfer geglaubt. Je besser sich also Täter und Opfer kennen, desto weniger wird dem Opfer geglaubt. Oder: Je weniger sich das Opfer wehrt, desto weniger wird ihm geglaubt. Oder: Je später das Opfer zur Polizei geht, desto weniger wird ihm geglaubt. So verhält es sich bei all diesen Vergewaltigungsmythen.

VORSITZENDE

Gibt es noch andere solche Mythen?

ALTSTEDT

Ja, zum Beispiel den triebgesteuerten Mann.

VORSITZENDE

Erklären Sie uns das bitte.

ALTSTEDT

Ein Mann, so der Mythos, kann seine Triebe nicht – oder doch nur kaum – beherrschen. Deshalb ist er für seine Taten nicht voll verantwortlich. Seine Natur ist, dass er sich nicht kontrollieren kann. Er ist gegen seine Triebe machtlos.

VORSITZENDE

Das ist natürlich auch Unsinn.

ALTSTEDT

Jede Untersuchung zeigt, dass die meisten Täter keineswegs steuerungsunfähige Triebtäter sind. Es gibt aber auch heute immer noch Urteile, in denen ein angeblicher »Triebstau« – was auch immer das sein soll – strafmildernd berücksichtigt wird. Die andere Seite der Medaille: Frauen werden so zu Beschuldigten – sie sind es ja, die durch ihr aufreizendes Auftreten die Reaktion der Männer erst auslösen. Sie bringen den Mann in die Bredouille. Sie sind schuld an ihrer Vergewaltigung.

VORSITZENDE

Von Frauen wird also zum Beispiel erwartet, sich zurückhaltend anzuziehen? Um den Mann nicht zu reizen? Verstehe ich das richtig?

ALTSTEDT

Ja, ihnen wird vorgeworfen, den sexuellen Übergriff zu provozieren. Aber es geht nicht nur um Kleidung. Es geht auch um das Verhalten von Frauen in normalen sozialen Situationen. Sie sollen sich züchtig verhalten und nicht flirten, weil sie dadurch den Mann erregen und steuerungsunfähig machen.

VORSITZENDE

Und was sagt die Forschung dazu?

ALTSTEDT

Es gibt keinen Zusammenhang zwischen aufreizender Kleidung oder freizügigem Benehmen auf der einen Seite und sexuellen Übergriffen auf der anderen Seite.

VORSITZENDE

Das ist aber doch eher ein gesellschaftliches Problem, kein strafrechtliches, oder?

ALTSTEDT

Leider nicht nur. Es geht zwar um Geschlechterrollen, das stimmt. Aber ebendiese Rollen sind tief in der Gesellschaft verwurzelt. Abweichungen von diesen Rollenbildern können dazu führen, dass die Ermittlungsbehörden der Aussage der betreffenden Frauen oft über die Maßen skeptisch gegenüberstehen.

VORSITZENDE

Verstehe.

ALTSTEDT

Es wird, oft natürlich unterbewusst, unterstellt, dass die Frau selbst schuld ist. Sie provozierte, wie gesagt, den triebgesteuerten Mann ja.

VORSITZENDE

Und die Frauen glauben dann, sie trügen eine Mitschuld an ihrer Vergewaltigung.

ALTSTEDT

Ja. Oder nehmen Sie den Mythos, dass sexuell erfahrene Frauen weniger verletzbar sein sollen. In der Rechtsprechung wird bei der Vergewaltigung von Prostituierten immer wieder ein eher minder schwerer Fall angenommen. Selbst ein Senat des Bundesgerichtshofs entschied noch so im Jahr 2000.

VORSITZENDE

Was ist der Hintergrund solcher Vorurteile?

ALTSTEDT

Die uralte Unterscheidung zwischen ehrbaren und gefallenen Frauen. Die Ehrbaren müssen geschützt werden, die Gefallenen dagegen sind rechtlos. Sie müssen nicht mehr beschützt werden. Sie haben den Schutz durch ihr Vorleben verwirkt.

VORSITZENDE

Abstoßend.

ALTSTEDT

In die gleiche Richtung geht die furchtbare Idee – auch ein Vergewaltigungsmythos –, dass jede Frau sich wehren muss. Auch das widerspricht der Forschung.

VORSITZENDE

Weil sich Frauen oft aus Angst nicht wehren?

ALTSTEDT

Oder wehren können. Oder weil der Täter ihr Vorgesetzter ist und sie von ihm abhängig sind und deshalb glauben, sie könnten sich nicht wehren. Oder weil sie während der Vergewaltigung Angst haben und glauben, wenn sie ruhig bleiben, ginge es schneller vorbei.

VORSITZENDE

Frau Professorin Altstedt, erklären Sie uns bitte, welche konkreten Auswirkungen diese Mythen auf die Strafverfolgung haben.

ALTSTEDT

Bitte lassen Sie mich zuvor noch einmal deutlich sagen, dass es oft unbewusste Entscheidungen der Strafverfolgenden sind. Es wäre völlig falsch anzunehmen, Polizisten und Polizistinnen wollten Frauen mit Absicht schaden.

VORSITZENDE

Davon geht hier niemand aus.

ALTSTEDT

Stellen Sie sich eine Polizistin in einer Vernehmung mit einer Anzeigenerstatterin vor.

VORSITZENDE

Ja.

ALTSTEDT

Wenn die Polizistin von den Vorstellungen geprägt ist, die wir mehr oder weniger alle unbewusst teilen, wird sie nur noch das hören, was in ihr Bild passt.

VORSITZENDE

Sie lässt sich also sozusagen die Mythen bestätigen.

ALTSTEDT

Ja, genau, das ist richtig. Das ist übrigens keine Frage der Bildung oder der Herkunft. Es gibt Experimente mit Jurastudentinnen und -studenten sowie Rechtsreferendarinnen und -referendaren. Auch hier wurden solche Mythen bestätigt.

VORSITZENDE

Was waren das für Experimente?

ALTSTEDT

Den Studierenden wurden fiktive Vergewaltigungsfälle vorgelegt. Sie sollten darüber entscheiden, wie die Täter zu bestrafen seien. Die Testpersonen nahmen ganz überwiegend an, die Schuld eines Fremdtäters wiege schwerer als die Schuld eines Mannes, den das Opfer schon zuvor kannte.

VORSITZENDE

Das ist ein erschreckendes Ergebnis.

ALTSTEDT

Zusammenfassend kann man sagen, dass die Vergewaltigungsmythen zu einer sekundären Viktimisierung der Opfer bei der Strafverfolgung führen können.

VORSITZENDE

Vielen Dank.

Zu den anderen Prozessbeteiligten.

Gibt es weitere Fragen an die Sachverständige?

BRESLAU

Ja.

VORSITZENDE

Bitte, Frau Verteidigerin.

BRESLAU

Frau Professorin Altstedt, ich möchte Ihnen eine ganz einfache Frage stellen.

ALTSTEDT

Ja?

BRESLAU

Eine Frage, die jeden sofort interessiert, wenn er sich mit einem solchen Fall beschäftigt.

ALTSTEDT

Bitte.

BRESLAU

Wie viele Vergewaltigungsanzeigen stimmen nicht?

Altstedt nickt, weil sie die Frage offenbar erwartet hat.

BRESLAU

Also wie viele Frauen behaupten eine Vergewaltigung, ohne dass sie tatsächlich stattgefunden hat?

ALTSTEDT

Das ist zwar eine sehr einfache Frage. Aber die Antwort ist es nicht.

BRESLAU

Ah.

ALTSTEDT

Eine Studie von 1983 kommt auf 2 Prozent Falschanzeigen. Eine Studie von 2005 auf 7,4 Prozent, eine von 2006 kommt auf 19,6 Prozent, eine von 2009 auf 3 Prozent und eine von 2010 auf 4,8 Prozent.

BRESLAU

Das sind erhebliche Abweichungen. Wieso kommt eine der Studien auf 19,6 Prozent?

ALTSTEDT

Diese Studie untersucht alle Fälle von Falschbeschuldigungen. Die anderen untersuchen nur jene Delikte, in denen die Behörden dann auch wegen falscher Verdächtigung gegen das vermeintliche Opfer ermittelten.

BRESLAU

Interessant. Und hat man mal untersucht, was die Ermittler selbst darüber denken?

ALTSTEDT

Es gibt eine Untersuchung bei der Polizei in Bayern. Für sie wurden Kriminalbeamte und Kriminalbeamtinnen befragt, die mit solchen Fällen befasst sind.

BRESLAU

Und?

Ein REFERENDAR geht durch den Gerichtssaal zu Biegler und überreicht ihm ein handgeschriebenes Blatt.

ALTSTEDT

Die Beamtinnen und Beamten gaben an, 3 bis 80 Prozent aller Anzeigen seien erlogen.

BRESLAU

Was?

Biegler liest das Papier des Referendars.

ALTSTEDT
Der Mittelwert lag bei etwa 33 Prozent. Aber gerade diese Studie ist interessant.

BRESLAU
Weshalb?

Biegler flüstert dem Referendar etwas ins Ohr. Der Referendar verlässt den Gerichtssaal.

ALTSTEDT
Die Studie konnte darlegen, dass die Entscheidung, ob man den Personen, die Anzeige erstatten, glaubt oder nicht, oft willkürlich ist. Zum Beispiel dienten sexuelle Beziehungen vor der Tat mal als Indiz für eine Lüge, ein anderes Mal als Indiz für die Wahrheit. Ebenso wurde das gleiche Vor- und Nachtatverhalten mal zugunsten, mal zuungunsten der Anzeigenerstatterin ausgelegt.

BRESLAU
Nun, der Fall Kachelmann – die Falschbeschuldigung einer Vergewaltigung. Der Fall Horst Arnold – ebenso eine Falschbeschuldigung. Es gibt zahlreiche weitere Fälle, Sie wissen das. Zuletzt haben wir praktisch live die Auseinandersetzung zwischen Amber Heard und Johnny Depp verfolgen können – die Jury meinte, Frau Heard habe gelogen.

Biegler schreibt etwas auf ein Blatt Papier und gibt es der Vorsitzenden.

ALTSTEDT

Bei Amber Heard ging es um etwas anderes. Aber ja, das ist ein übliches Argument. Es werden einige prominente Fälle herausgepickt und so auf das Ganze geschlossen. Aber so einfach ist es nicht. Für eine Studie der Europäischen Union aus dem Jahr 2009 wurden Fälle in 33 Ländern untersucht. Diese Studie kommt zu dem Ergebnis, dass es zwischen einem und neun Prozent Falschbeschuldigungen gibt.

BRESLAU

Nun ja, ich kenne diese Studie. Es wurden nur 100 Fälle pro Land untersucht. Und, soweit ich weiß, nur die Fälle von jeweils einer Staatsanwaltschaft. Das ist nicht gerade überzeugend. Dafür sind es nämlich doch ziemlich viele Falschanzeigen, meinen Sie nicht?

ALTSTEDT

Nicht mehr als bei anderen Delikten des Strafgesetzbuches. Aber bei den Sexualstraftaten gibt es noch etwas anderes, was es zum Beispiel bei Bankraub nicht gibt.

BRESLAU

Was?

ALTSTEDT

Solche Studien untersuchen nur das Hellfeld, also die polizeilichen und staatsanwaltschaftlichen Ermittlungen. Daneben gibt es ein riesiges Dunkelfeld, also die vielen Übergriffe, die nie zur Anzeige kommen.

BRESLAU

Dass es dieses Dunkelfeld überhaupt gibt und wie groß

es gegebenenfalls sein könnte, ist doch auch nur eine Vermutung, oder?

ALTSTEDT

Alles andere als das. Nein, das ist längst keine Vermutung mehr. Das Bundesfamilienministerium untersuchte 2003 diese Frage. Über 10.000 Frauen zwischen 16 und 85 Jahren wurden befragt. Das Ergebnis: 13 Prozent aller befragten Frauen, also etwa jede siebte Frau, haben seit ihrem 16. Lebensjahr sexuelle Gewalt erlebt. Und: In mehr als 85 Prozent aller Fälle wurde die Polizei erst gar nicht eingeschaltet. 2014 wurde eine EU-weite Studie vorgelegt. 42.000 Frauen in der Europäischen Gemeinschaft wurden befragt. Jede dritte Frau hatte als Erwachsene körperliche oder sexuelle Gewalt erfahren, jede zweite wurde sexuell belästigt. Und es gibt die offizielle Polizeistatistik. Jede Stunde erleiden durchschnittlich 13 Frauen Gewalt in der Partnerschaft. Fast jeden Tag versucht ein Partner oder ehemaliger Partner in diesem Land seine Frau oder Freundin zu töten. Beinahe jeden dritten Tag wird in der Bundesrepublik eine Frau von ihrem Geliebten oder ehemaligen Geliebten getötet. Das, Frau Verteidigerin, sind die wirklichen Zahlen.

VORSITZENDE

Gibt es weitere Fragen an die Sachverständige? Nein? Anträge auf Vereidigung? Auch nicht? Gut, dann Frau Professorin, vielen Dank für Ihre Aussagen. Die Sachverständige ist damit entlassen.

Die Vorsitzende nimmt das Papier, das Biegler ihr überreicht hat, und bespricht sich flüsternd mit den Beisitzern.

VORSITZENDE
Herr Rechtsanwalt Biegler hat mir mitgeteilt, dass sich vor dem Gerichtssaal eine Person befände, die etwas Wesentliches zur Verhandlung beizutragen habe. Das ist eine ungewöhnliche Situation. Normalerweise würde ich die Staatsanwaltschaft bitten, diese Person zunächst zu vernehmen und uns diese Vernehmung zu schicken. Aber wir sind schon jetzt sehr im Zeitverzug. Ich werde diese Person hier also sofort als Zeugen hören.

Zum Wachtmeister.

Bitte.

Der TAXIFAHRER geht zum Zeugenstuhl, setzt sich.

VORSITZENDE
Wie heißen Sie?
TAXIFAHRER

Berliner Dialekt, aber noch verständlich.

Paul Marotzka.
VORSITZENDE
Haben Sie einen Ausweis?
TAXIFAHRER
Klar.

VORSITZENDE
Auch dabei?
TAXIFAHRER
Immer am Mann.
VORSITZENDE
Kann ich ihn sehen?
TAXIFAHRER
Klar.

Taxifahrer geht nach vorne und legt seinen Ausweis auf den Tisch. Deutet mit dem Finger darauf. Er geht zurück zum Zeugenstuhl.

VORSITZENDE
Ja. Also, Herr Marotzka, wie alt sind Sie?
TAXIFAHRER
52.
VORSITZENDE
Wo sind Sie geboren?
TAXIFAHRER
Na hier.
VORSITZENDE
In Berlin?
TAXIFAHRER
Richtig.
VORSITZENDE
Und wo wohnen Sie?
TAXIFAHRER
Im Wedding.

VORSITZENDE

Sind Sie verwandt oder verschwägert mit dem Angeklagten?

TAXIFAHRER

Det wüsste ich aber.

VORSITZENDE

Zur Protokollführerin.

Nicht verwandt oder verschwägert.

Zum Taxifahrer.

Ich muss Sie nun belehren. Sie müssen vor Gericht die Wahrheit sagen, Sie dürfen nichts weglassen und nichts hinzufügen. Haben Sie das verstanden?

TAXIFAHRER

Ich soll nicht lügen.

VORSITZENDE

Ja. Sagen Sie bitte zunächst, warum sind Sie hier ins Gericht gekommen?

TAXIFAHRER

Wegen dem Fall hier. Das stand doch überall in der Zeitung. Mit Foto.

VORSITZENDE

Was?

TAXIFAHRER

Das von dem Kleid.

VORSITZENDE

Und was haben Sie damit zu tun?

TAXIFAHRER

Ich? Nichts.

VORSITZENDE

Ich komme so nicht weiter.

BIEGLER

Darf ich?

Die Vorsitzende nickt.

BIEGLER

Sie haben auf dem Flur vor dem Saal meinen Referendar angesprochen.

TAXIFAHRER

Den mit der Brille?

BIEGLER

Ja, den mit der Brille. Sie haben dem Referendar gesagt, Ihre Tochter habe Sie gebeten, ins Gericht zu fahren, weil Sie ein Video von einer Taxifahrt haben.

TAXIFAHRER

Ist wegen der Überfälle.

VORSITZENDE

Was denn jetzt für Überfälle?

TAXIFAHRER

Taxis werden dauernd überfallen, Frau Richterin. Ich schon vier Mal. Das waren aber …

BIEGLER

Unterbricht.

Ja, ja, schon gut. Sie sagten, Sie nähmen den Innenraum Ihres Fahrzeuges während der Fahrten mit einer Kamera auf, um sich vor Überfällen zu schützen. Und um sich gegen eventuelle spätere Beschwerden von Kunden abzusichern.

TAXIFAHRER

Richtig.

BIEGLER

Und Ihre Tochter habe diese Videos durchgesehen und eine Frau erkannt, die in diesem Verfahren eine Rolle spiele.

TAXIFAHRER

Ja. Die Tochter sieht die Videos immer mal durch und speichert sie ab. Zur Sicherheit.

BIEGLER

Und was ist nun auf dem Video zu sehen?

TAXIFAHRER

Die schöne Frau da neben Ihnen.

BIEGLER

Von wann ist die Videoaufnahme?

TAXIFAHRER

Das ist ja das Verrückte.

Holt umständlich einen Zettel aus der Hose.

Vom 14.8. Also dem Tag, an dem das hier war.

BIEGLER

Woher wissen Sie das?

TAXIFAHRER

Hab ich doch schon gesagt, stand in der Zeitung.

BIEGLER

Nein, dass die Aufnahme von dem Tag ist.

TAXIFAHRER

Steht so auf dem Video.

BIEGLER

Als Zeitstempel?

TAXIFAHRER

Ist irgendwie mit dem Satelliten verbunden. Also die Uhr auf dem Film.

BIEGLER

Haben Sie die Aufnahme dabei?

TAXIFAHRER

Ja. Als Stick oder wie das heißt.

VORSITZENDE

Haben Sie noch eine Erinnerung an die Fahrt?

TAXIFAHRER

An was?

VORSITZENDE

Ob Ihr Fahrgast etwas gesagt hat, zum Beispiel?

TAXIFAHRER

Ah Gott, ne.

VORSITZENDE

Geben Sie den Stick bitte dem Wachtmeister.

Ein Wachtmeister geht zum Taxifahrer und bekommt den Stick. Er bringt ihn zur Vorsitzenden, die ihn der

Protokollführerin übergibt. Kurz darauf erscheint auf den Bildschirmen das Video aus dem Taxi.

VORSITZENDE
Ist das die Aufnahme?

TAXIFAHRER
Ja.

Man sieht Katharina Schlüter einsteigen. Sie öffnet den Mantel. Darunter trägt sie das Chanel-Kleid. Die Zeitstempeluhr läuft ab 18:47 Uhr.

BIEGLER
Es ist eindeutig.

TAXIFAHRER
Sag ich doch.

VORSITZENDE
Können wir das Video noch einmal abspielen?

Die Protokollführerin nickt. Das Video wird noch einmal abgespielt.

VORSITZENDE
Danke sehr. Gibt es Fragen an den Zeugen? Gut, dann sind Sie mit Dank entlassen, Herr Marotzka.

TAXIFAHRER
Kann ich gehen?

VORSITZENDE
Ja, vielen Dank.

TAXIFAHRER

Hab ich gern gemacht.

Taxifahrer verlässt den Saal.

VORSITZENDE

So, meine Damen und Herren. Wir sind nun mit unserem Programm am Ende. Wenn es keine weiteren Anregungen oder Anträge gibt, werde ich jetzt die Beweisaufnahme schließen.

Vorsitzende sieht die Prozessbeteiligten an.

Frau Verteidigerin, möchte sich Ihr Mandant zu den Vorwürfen erklären?

BRESLAU

Nein. Herr Dr. Thiede wird sich nicht äußern.

VORSITZENDE

Verstehe. Nun gut. Gibt es von den Verfahrensbeteiligten noch Anträge oder Erklärungen?

Alle schütteln den Kopf.

VORSITZENDE

Dann schließe ich jetzt die Beweisaufnahme, und wir kommen zu den Plädoyers.

Zuerst die Staatsanwaltschaft. Frau Oberstaatsanwältin Heise, bitte.

Heise steht auf, legt die Blätter vor sich zurecht.

HEISE

Hohes Gericht, Frau Verteidigerin, Herr Rechtsanwalt, die Staatsanwaltschaft hält aufgrund der in der Hauptverhandlung durchgeführten Beweisaufnahme den in der Anklageschrift niedergelegten Sachverhalt für erwiesen. Der Angeklagte Dr. Christian Thiede hat am 14. August des letzten Jahres in seiner Wohnung die Zeugin Katharina Schlüter vergewaltigt, indem er gegen den erkennbaren und geäußerten Willen der Zeugin Schlüter sein Glied in der Scheide der Zeugin bis zum Samenerguss bewegte. Wir haben hier die Aussage der Zeugin Schlüter gehört, an deren Glaubhaftigkeit die Staatsanwaltschaft keinen Zweifel hat. Die Zeugin Schlüter hat jedes Detail der Vorgeschichte, der Vergewaltigung und der Folgen geschildert. Sie hat dabei keine übertriebenen Belastungstendenzen gezeigt. Ihre Schilderung war detailreich, nachvollziehbar und ohne Brüche. Die Aussage blieb bei den vielen Vernehmungen bei der Polizei konsistent. Insbesondere die Verwunderung der Zeugin über sich selbst, als sie das Wort »etruskisch« für die Vase in der Wohnung des Angeklagten gesucht hat, hat die Staatsanwaltschaft überzeugt. Das ist ein Realkennzeichen, das man sich kaum ausdenken kann. Es ist auch kein Motiv für eine unzutreffende Belastung des Angeklagten durch die Zeugin erkennbar – im Gegenteil, die Zeugin fügte sich durch die Anzeige selbst enormen Schaden zu. Die Bemühungen der Verteidigung, die Aussage der Zeugin zu erschüttern, blieben erfolglos. Auch stimmt die Aussage der Zeugin Schlüter mit

den Erklärungen der Sachverständigen, Frau Professorin Altstedt, und den Erkenntnissen der Wissenschaft überein. Und schließlich passt die Aussage der Zeugin Schlüter zu dem Sperma auf ihrem Kleid, das ohne jeden wissenschaftlichen Zweifel vom Angeklagten stammt.
Der Angeklagte hat sich damit der Vergewaltigung schuldig gemacht. Wie ist er zu bestrafen? Bei der Strafzumessung sind zu seinen Gunsten seine bisherige tadellose Lebensführung und seine Unvorbestraftheit zu berücksichtigen. Zu seinen Lasten wirkt sich aus, dass sich die Zeugin nach der Tat in psychologische Behandlung begeben musste und ihren Beruf bis heute nicht mehr ausüben kann. Unter Berücksichtigung aller für und gegen den Angeklagten sprechenden Strafzumessungsgesichtspunkte hält die Staatsanwaltschaft eine Freiheitsstrafe in Höhe von drei Jahren für tat- und schuldangemessen. Ich beantrage daher, den Angeklagten zu einer Freiheitsstrafe von drei Jahren zu verurteilen.

Heise setzt sich wieder.

VORSITZENDE
Vielen Dank. Dann hören wir jetzt Herrn Rechtsanwalt Biegler als Vertreter der Nebenklage. Herr Biegler, bitte.

Biegler steht auf.

BIEGLER
In dubio pro reo. Im Zweifel für den Angeklagten. Wohl kaum ein Satz aus der Welt des Rechts wird so oft falsch

zitiert. Von Politikern, Journalisten, Aktivisten jeder Couleur, von Kriminalautoren, Fernsehmachern und, ja, leider auch von Juristen. Immer wieder liest und hört man ja, dass selbst Staatsanwälte, Richter und Polizisten ihren Töchtern raten würden, sie sollten bei einer Vergewaltigung den Täter nicht anzeigen. Sogar ein Generalstaatsanwalt in Berlin hat das einmal öffentlich erklärt. Der Grund: Diese Verfahren gingen doch immer nur zugunsten der Männer aus. In einem solchen Strafprozess stünde nämlich Aussage gegen Aussage. Sie sagt, er sagt. Und dem Richter bliebe dann nichts anderes übrig, als freizusprechen. Im Zweifel eben für den Angeklagten und gegen die Gerechtigkeit. So die landläufige Meinung.

Aber genau das ist falsch. Es stimmt einfach nicht. Rechtsprechung ist keine Klippschul-Mathematik, und ein Strafprozess ist kein Fußballspiel. Zwei Zeugen gegen zwei Zeugen: Unentschieden. Ein Zeuge gegen drei Zeugen: Sieg für die drei Zeugen. So etwas ist kindisch. Nein. Im Zweifel für den Angeklagten ist keine Beweisregel, es ist eine Entscheidungsregel. Diese Regel sagt Ihnen nicht, ob Sie etwas bezweifeln müssen, sondern nur, wie Sie entscheiden sollen, falls Sie etwas bezweifeln.

Oft genug steht in der Tat Aussage gegen Aussage. Aber das ist natürlich nicht das Ende der Gerechtigkeit. Wenn es zwei sich widersprechende Aussagen gibt, müssen Sie nur besonders sorgfältig und vorsichtig sein. Sie müssen das Aussagemotiv bewerten, die Konstanz, die Detailliertheit, die Plausibilität, den Belastungseifer, die Erinnerungslücken. Und so weiter und so fort. Aber, und auf dieses Aber kommt es an, eine Regel, die besagt, dass Sie freisprechen müssen, wenn Aussage gegen Aussage steht, gibt es selbstverständlich nicht. Eine solche Regel kann es in einem Rechtsstaat auch gar nicht geben.

Was heißt das für unser Verfahren? Im Grunde genommen ist es ganz einfach: Die Aussage von Frau Schlüter reicht, um Herrn Thiede wegen Vergewaltigung zu verurteilen. Punkt. Sie reicht aus, wenn Sie, die Richter, diese Aussage für glaubhaft halten. Dann gibt es keine Vorschrift, kein Gesetz, niemanden und nichts, was Ihnen eine Verurteilung verbieten könnte. Im Gegenteil. Sie sind in der Beweiswürdigung frei. Es zählt nur Ihre Überzeugung. Nichts anderes. Und, meine Damen und Herren Richter, war die Aussage von Katharina Schlüter glaubhaft? Haben Sie ihr geglaubt? Erschien Ihnen nachvollziehbar, was sie gesagt hat? Haben Sie Katharina Schlüter verstanden?

Ich habe mein ganzes berufliches Leben in Gerichtssälen zugebracht. Und ich habe nur sehr selten eine Zeugin gehört, die so überzeugend war. Ich bin sicher, dass es Ihnen ebenso geht.

Der Angeklagte dagegen schweigt. Er hat im Ermittlungsverfahren geschwiegen, er schweigt auch hier in der Hauptverhandlung. Darf er das? Ja, das ist sein Recht. Dürfen Sie als Richter aus seinem Schweigen Schlüsse gegen ihn ziehen? Nein, denn dann wäre sein Schweigen nur noch ein Recht auf dem Papier. Was fangen Sie also mit seinem Schweigen an? Wie bewerten Sie es?

Der Bundesgerichtshof erklärte immer wieder, dass Sie bei Ihrer Entscheidung alle Umstände in Ihre Überlegungen einbeziehen müssen. Und das gilt auch, wenn der Angeklagte schweigt. Stimmt. Vollkommen richtig. Keine Einwände. Aber Sie müssen sich, nur weil er schweigt, nichts Verrücktes zu seinen Gunsten ausdenken. Eine schlimme Geisteskrankheit zum Beispiel, einen Dämon, der Frau Schlüter zwingt, zu lügen. Oder dass es gar nicht Herr Thiede war, der sie vergewaltigte, sondern sein bis heute unbekannter Zwillingsbruder mit der gleichen DNA. Mag vielleicht alles möglich sein, ist aber doch sehr unwahrscheinlich.

Herr Thiede schweigt, und die Aussage von Frau Schlüter ist vollkommen glaubhaft. So einfach ist es in Wirklichkeit.

Ich weiß, es ist schwer, einen Menschen ins Gefängnis zu schicken. Vergessen Sie deshalb doch kurz einmal alles, was Sie von den Sachverständigen und den Zeugen gehört haben und was Sie an Beweismitteln gesehen haben. Vergessen Sie auch die Streitereien zwischen mir und der Verteidigerin – ja, ich bin oft unerträglich, ich weiß. Streichen Sie das trotzdem alles aus Ihrem Kopf.

Und jetzt denken Sie nur über Frau Schlüter nach. Über den Menschen Katharina Schlüter. Sie war die erfolgreichste Moderatorin im Fernsehen. Ihre Sendungen hatten die höchsten Einschaltquoten. Sie war verheiratet, hat zwei Kinder und lebte in der Mitte unserer Gesellschaft. Sie bewohnte ein schönes, von ihr eingerichtetes Haus in

der besten Gegend Münchens. Eine strahlende, erfolgreiche, überall anerkannte und geschätzte Frau auf dem Höhepunkt ihres bisherigen Lebens.
Und heute? Ihr Ehemann hat die Scheidung eingereicht. Sie ist von zuhause ausgezogen und bewohnt jetzt eine kleine Mietwohnung in Berlin. Es gibt kein Klingelschild dort – die Polizei sagt, das sei zu gefährlich. Ihre Kinder gehen weiter in München auf die Schule, Frau Schlüter sieht sie nur an den Wochenenden. Ihr Name beherrscht seit Wochen die sozialen Medien. Sie wird von ziemlich genau der Hälfte der Nutzer abgrundtief gehasst. Sie bekommt Morddrohungen, inzwischen steht sie Tag und Nacht unter Polizeischutz. Ekelerregende E-Mails erreichen zu Tausenden ihre Fernsehredaktion. Unter jedem Zeitungsartikel sind unzählige Kommentare, die ich in ihrer widerwärtigen Fäkalsprache und unmenschlichen Hetze hier gar nicht wiedergeben kann. Frau Schlüter kann ihre Sendung momentan nicht fortführen, weil sie in psychologischer Behandlung ist. So, genau so sieht das Leben der Katharina Schlüter heute aus.
Aber, meine Damen und Herren Richter, das ist nicht einfach so passiert. Es brach nicht als Naturkatastrophe über sie herein. Nein, Katharina Schlüter kennt die Medien und ihre Mechanismen besser als wir alle. Sie wusste, dass diese Anzeige ihr Leben zerstören wird. Ihr war klar, dass ihre Ehe einen solchen Betrug nicht aushalten würde. Sie wusste, dass sie alles verlieren würde, was ein Leben angenehm macht.

Und trotzdem. Trotz all dem hat sie den Angeklagten angezeigt.
Das ist der entscheidende Punkt. Frau Schlüter wurde nicht weniger als sechs Mal von der Polizei und der Staatsanwaltschaft vernommen. Schon die kürzeste der Vernehmungen dauerte zweieinhalb Stunden. Sie hat jede Frage der Ermittlungsbehörden wieder und wieder beantwortet. Sie ertrug diesen Prozess mit all seinen Scheußlichkeiten: mit der Ausbreitung intimster Details, mit der Diskussion ihrer sexuellen Praktiken. Jeder ihrer Gedanken wurde hier ausgewalzt. Ihr Gesicht erschien mit irgendwelchem Geschmiere auf den Titelblättern der Boulevardzeitungen. Sie hat all das auf sich genommen.
Und nun frage ich Sie: Warum sollte Katharina Schlüter lügen? Warum, zum Teufel, sollte ausgerechnet sie, die ein so angenehmes und beneidenswertes Leben führte, all diese Demütigungen, diese Herabsetzungen und Erniedrigungen, diese täglichen Angriffe auf sich nehmen, wenn es nicht stimmt. Wenn der Angeklagte sie nicht vergewaltigt hat? Warum sollte sie ihr ganzes Leben für eine Lüge wegwerfen? Warum?
Frau Schlüter hat Ihnen die Antwort gegeben. Sie sagte, sie gehöre sich nicht mehr, sie sei »nicht mehr ganz«. Nur durch die Verurteilung des Täters wird sie ihre Würde und Selbstachtung wieder zurückgewinnen können. Nur so wird sie wieder »ganz« werden können. Und nur so kann sichergestellt werden, dass dieser Mann so etwas nie wieder tun kann.

Sie werden sich in Ihrem Beratungszimmer genau diese Frage stellen: Warum? Und die einzig richtige Antwort lautet: Weil Herr Thiede es getan hat. Weil er Frau Schlüter vergewaltigt hat.

Biegler setzt sich wieder.

VORSITZENDE
Vielen Dank, Herr Rechtsanwalt. Frau Schlüter, möchten Sie selbst noch etwas sagen?

Schlüter schüttelt den Kopf.

VORSITZENDE
Dann hören wir jetzt die Verteidigung. Frau Dr. Breslau, bitte.

Breslau steht auf.

BRESLAU
Danke, Frau Vorsitzende. Tun wir doch erst einmal das, was wir im Gericht sonst auch tun: Prüfen wir die Fakten. Sehen wir uns an, was wir nach dieser Beweisaufnahme überhaupt wissen.
Erstens: Es gibt ein Kleid mit Spermaspuren, die von Herrn Thiede stammen. Frau Schlüter trug dieses Kleid am 14. August des letzten Jahres. Was beweist das? Dass Herr Thiede und Frau Schlüter Sex miteinander hatten. Aber es beweist nicht, dass Herr Thiede Frau Schlüter vergewaltigt hat.
Zweitens: Die Aussage von Frau Maiburg, der besten

Freundin von Frau Schlüter. Was kann sie zur Wahrheitsfindung beitragen? Frau Schlüter hat ihr erzählt, sie sei vergewaltigt worden. Das mag man glauben. Aber auch hier: Was beweist das? Alles Mögliche, aber nicht die Vergewaltigung. Frau Maiburg war nicht dabei. Alles, was sie weiß und uns berichten kann, ist Wissen aus zweiter Hand. Drittens: Die psychologische Sachverständige. Wir haben Statistiken gehört. Wir haben auch gehört, dass das Verhalten von Frau Schlüter zu diesen Statistiken passt. Gut. Und was heißt das nun? Wir verhandeln hier nicht über Statistiken und Wissenschaft, sondern über einen einzelnen Fall in einem Strafprozess. Wir verhandeln über eine Anklage, die einem ganz bestimmten Menschen ein ganz bestimmtes Tatgeschehen an einem ganz bestimmten Tag vorwirft. Statistiken sind vielleicht lehrreich. Aber als Beweise für eine Vergewaltigung sind sie untauglich.

Viertens: Die Aussage von Katharina Schlüter, dem angeblichen Opfer. Eine überaus beeindruckende Aussage, da gebe ich Herrn Biegler recht. Das, was sie uns hier gesagt hat, klingt glaubhaft, stimmt.

Verehrte Damen und Herren Richter, Herr Biegler hat Sie gebeten, einmal nur den Menschen Katharina Schlüter zu sehen und diesen Prozess einmal kurz zu vergessen. Das ist eine hervorragende Idee. Ich darf Sie um das Gleiche bitten. Lassen Sie uns also ein kleines Gedankenexperiment machen: Gehen wir zurück zum Abend des 22. April im letzten Jahr. Das war der Abend, an dem sich das Paar im Hotel *Lexington* getroffen hat. Sie schlafen miteinander und liegen dann auf dem Bett. Es ist sehr innig, wie Frau Schlüter gesagt hat. Dann stehen sie auf, ziehen sich an und verlassen das Zimmer. Herr Thiede bezahlt unten am Empfang, Frau Schlüter steht daneben. Sie umarmen sich noch einmal in der Lobby und küssen sich. Sie haben die Szene auf dem Video gesehen.

Stellen Sie sich vor, wie die beiden sich jetzt trennen. Jeder geht alleine zu seinem Wagen. Und dann telefonieren sie miteinander. Ein sehr langes Telefonat, wie wir wissen, zwei Stunden. Aber genau jetzt, in diesem Telefonat, passiert das für Katharina Schlüter Unfassbare. Christian Thiede sagt, er wolle sich trennen. Er müsse zurück zu seiner Familie. Er werde sie verlassen. Es sei Schluss.

Stellen Sie sich also bitte vor, die Trennung von Frau Schlüter und Herrn Thiede war gar kein gemeinsamer Entschluss. Es war nicht so, wie Frau Schlüter hier behauptet hat. Nein, nur Herr Thiede wollte sich trennen. Nur er, nicht sie. Frau Schlüter dagegen war bereit, ihre Familie für diese Liebe aufzugeben, ihr ganzes bisheriges Leben. Für diesen Mann. Aber der will das nun nicht mehr. Er lässt sie einfach sitzen.

Wir alle kennen das aus unserem eigenen Leben. Frau Schlüter fühlt sich in diesem Moment gedemütigt, sie glaubt, sie sei nichts mehr wert, sie fühlt sich nicht mehr *ganz*, wie sie selbst das ausdrücken würde. Das ist eine ganz normale Reaktion. Aber hier kommt noch einiges dazu. Um die Worte von Herrn Biegler zu nehmen: Frau Schlüter war bis dahin eine strahlende, erfolgreiche, überall anerkannte und geschätzte Frau auf dem Höhepunkt ihres bisherigen Lebens. So beschrieb sie ihr Anwalt – und das stimmt. Und diese überragende und strahlende Frau lässt sich nicht einfach entsorgen und wegwerfen. Das kann man mit ihr doch nicht machen.

Ist das eine unrealistische Vorstellung? Nein. Die einseitige Trennung, die ich behauptet habe, ist nur eine winzige Änderung in dem von Frau Schlüter geschilderten Ablauf. Eine ganz naheliegende Alternative. Das ist nicht der unbekannte Zwillingsbruder von Herrn Thiede mit gleicher DNA. Es ist eine Möglichkeit, die Sie in Ihre Überlegungen bei einem schweigenden Angeklagten einbeziehen müssen. Aber was hat die einseitige Trennung für Folgen? Was verändert sich dadurch?

Frau Schlüter fühlt sich schlecht, sie quält sich, sie verstummt, sie erzählt ihrer besten Freundin nichts von der Schmach der einseitigen Trennung. Sie beißt die Zähne zusammen und steht es durch. Bis dahin ist die Geschichte dieses Paares eine Geschichte, die ungezählte Male schon vorgekommen ist. Nichts Besonderes, fast alltäglich. Wohl jeder von uns hat etwas Ähnliches schon erlebt.

Aber nun kommt der 14. August des letzten Jahres. Frau Schlüter und Herr Thiede treffen sich zufällig auf der Straße. Sie gehen zusammen in seine Wohnung, reden und haben dann Sex. Auch das kommt vor bei Ex-Partnern. Auch das ist gar nichts Besonderes. Aber jetzt macht Herr Thiede einen furchtbaren Fehler. Er hat eines vergessen: Frau Schlüter wollte sich nicht trennen, er hat das getan. Und Sex in einer solchen Situation ist absolut toxisch. Wie für jeden Mann und jede Frau in dieser Situation, wie für jeden Verlassenen und jede Verlassene, ist Sex jetzt nicht einfach nur Sex. Er bedeutet viel mehr. Er ist die Hoffnung auf einen neuen Anfang. Und was passiert, als Herr Thiede erklärt, dass es trotzdem keine gemeinsame Zukunft gibt. Dass die Trennung Bestand hat. Dass sich nichts geändert hat. Was tut Frau Schlüter jetzt? Was wird nun ihr Weg sein? Sie nimmt Rache. Sie zeigt Herrn Thiede an. Sie will, dass er leidet, wie sie leidet. Sie will ihn zerstören. Keine gute Entscheidung, ja. Aber es wäre naiv zu glauben, Menschen würden immer nur gute Entscheidungen treffen. Menschen machen aus Rache die schlimmsten Dinge. Schon immer war das so, sie tun das jeden Tag. Kränkungen sind ein enorm starker, ein alles zerstörender Antrieb. Und Schlüters Reaktion auf die ungeheure, jetzt erneute Kränkung ist nur zu verständlich. Sie hat damit Erfolg. Wie Sie sicher aus den Medien wissen, wurde Herr Thiede von seinem Posten als Vorstandsvorsitzender freigestellt. Das klingt nach einem vorläufigen Ende seiner großen Karriere. Seine Frau hat – so wie der Mann von Frau Schlüter – inzwischen die Scheidung eingereicht und das alleinige Sorgerecht für die Kinder beantragt. Auch sie konnte den Betrug ihres Mannes nicht ertragen. Herr Thiede ist, wie Sie der Presse entnehmen konnten, ebenfalls von zuhause ausgezogen, er wohnt jetzt dauerhaft im Hotel.

Aber was bedeutet das alles für die Glaubhaftigkeit der

Aussage von Katharina Schlüter in diesem Prozess? Das ist das Erschreckende: Verehrte Damen und Herren Richter, es würde sich überhaupt nichts ändern. Die Aussage wäre ebenso detailreich, ebenso widerspruchsfrei und ebenso konstant, wie Herr Biegler das zusammengefasst hat und wie wir das alle hier erlebt haben. Es ist genau die gleiche Aussage, und sie ist ebenso glaubhaft. Eine gute Lüge unterscheidet sich von einer schlechten dadurch, dass der gute Lügner nur möglichst wenig erfindet. Und so war es hier. Frau Schlüter musste nur eine kurze Handlung erfinden. Ein wiederholtes Nein von ihr, einen längeren Aufenthalt im Bad, ein längeres Schweigen. Sie wissen, das ist nicht besonders schwer. Aber ihre lange Erzählung ist weiter völlig glaubhaft, weil sie sich ja tatsächlich so zugetragen hat. Wenn man will, kann man sogar noch einen Schritt weiter gehen. Es ist durchaus vorstellbar – und wäre gar nicht so ungewöhnlich –, wenn Frau Schlüter auch heute noch kein schlechtes Gewissen hat. Aus ihrer Perspektive bekam der bis dahin einverständliche Sex ja durch die erneute Demütigung eine andere Richtung. Sie musste diesen Sex, der ja aus ihrer Sicht eigentlich die Erneuerung eines Versprechens war, im Nachhinein als Vergewaltigung begreifen. Herr Thiede hat sich damit etwas genommen, was ihm nicht zusteht. Aus späterer Perspektive kann Frau Schlüter durchaus sagen: Er hat mich nur benutzt.

Herr Biegler hat Ihnen die Frage gestellt: »Warum?« Warum sollte Frau Schlüter Herrn Thiede anzeigen, wenn es nicht stimmt. Herr Biegler meinte, es gäbe auf diese

Frage keine andere Antwort als: »Weil er es war.« Aber, verehrte Damen und Herren Richter, es gibt durchaus eine andere Antwort. Und diese Antwort liegt mindestens ebenso nahe. Sie lautet: Rache. Herr Thiede hat Frau Schlüter nicht vergewaltigt. Sie hat nur Rache für die erlittene Kränkung genommen.

Ich beantrage deshalb, Herrn Thiede freizusprechen.

Breslau setzt sich wieder.

VORSITZENDE

Vielen Dank, Frau Verteidigerin. Wir haben nun die Schlussvorträge gehört. Möchten Sie, Herr Dr. Thiede, noch etwas zu Ihrer Verteidigung ausführen?

THIEDE

Nein.

VORSITZENDE

Gut. Bevor wir uns zur Beratung zurückziehen, gebührt dem Angeklagten das letzte Wort. So sieht unsere Strafprozessordnung das vor. Der Angeklagte ist nicht verpflichtet, etwas zu sagen, aber wenn er möchte, kann er sich ein letztes Mal zu seiner Person und zu den gegen ihn erhobenen Vorwürfen äußern. Er kann frei sprechen und wird dabei nicht unterbrochen. Wir, seine Richter, sollen seine Worte als Letztes hören und in unsere Beratung mitnehmen. Herr Dr. Thiede, möchten Sie etwas sagen?

Breslau schüttelt den Kopf. Christian Thiede steht plötzlich auf.

BRESLAU

Zu Thiede, leise.

Nein.

Thiede bleibt stehen.

BRESLAU

Leise.

Das ist keine gute …

THIEDE

Leise.

Doch, das ist es. Es ist das Richtige.

VORSITZENDE

Dann bitte, Herr Dr. Thiede.

THIEDE

Ich habe den größten Respekt vor den Bemühungen dieses Gerichts. Ich bin meiner Verteidigerin überaus dankbar für alles, was sie tut. Aber ich kann das nicht mehr ertragen.

In diesem Moment treffen sich zum ersten und einzigen Mal in der Verhandlung einen Moment lang die Blicke von Thiede und Schlüter. Keiner weicht aus.

THIEDE

Ich kann es nicht mehr ertragen, wie Katharina hier gedemütigt wird. Es stimmt, dass wir uns bei ihrer Talkshow kennengelernt haben. Es stimmt, dass ich sie danach zum Essen eingeladen habe. Es stimmt, dass wir ein Liebespaar wurden, dass wir uns trafen, wann immer es möglich war, dass wir unsere Partner betrogen haben. Und, ja, es stimmt für mich ebenso, was Katharina über sich selbst sagte: Auch für mich war sie die Liebe meines Lebens. Das alles ist ohne jeden Abstrich richtig.

Thiede trinkt aus dem Wasserglas vor ihm.

THIEDE

Es fällt mir schwer, verzeihen Sie. Ich brauche einen Moment.

Thiede trinkt noch einen Schluck Wasser.

THIEDE

Katharina und ich sind uns sehr ähnlich. Wir strahlen nach außen, wir waren ähnlich erfolgreich, wir wirken selbstsicher, selbstbestimmt und unangreifbar. Aber in Wirklichkeit haben wir die gleichen Abgründe und die gleichen Ängste. Wir teilen die gleiche Dunkelheit. Es ist das, was die anderen Menschen, denen wir begegnen, nicht sehen dürfen. Diese Ähnlichkeit war der tiefste Grund unserer Anziehung und später unserer Liebe. Aber sie war auch der Grund für unsere Trennung. Ich wusste, dass es einfach nicht gut gehen konnte. Auch wenn das sehr schwer für mich ist, das öffentlich einzugestehen: Ich hatte Angst. Ich hatte Angst vor einem gemeinsamen Leben mit ihr. Ich hatte Angst, dass wir uns zu sehr gleichen und dass sich unsere schwarzen Seiten, also unsere Depressionen, gegenseitig verstärken würden. Ich glaubte, dass wir gemeinsam untergehen würden, wenn wir ganz zusammenkämen und begännen, ein gemeinsames Leben zu führen.

Thiede trinkt wieder aus dem Wasserglas.

THIEDE
Sehen Sie, mein Zuhause, meine Frau und meine Kinder, waren immer mein Halt in meinem Leben. Meine Familie gab mir in meinem komplizierten Berufsleben eine feste und verlässliche Struktur. Frau Schlüter nannte es mal: »Das Geordnete, Aufgeräumte und Helle.« Es gab bei uns zuhause keine Löcher und keine Tiefen, und ich konnte mich immer darauf verlassen, dass es so bleibt.
Es stimmt aber auch, dass ich lange Zeit glaubte, ich könnte mich für Katharina und für unsere gemeinsame Liebe von meiner Familie und meinem Zuhause lösen. Es stimmt, dass wir beide das lange Zeit wollten und darüber sprachen. Katharina hat das hier im Prozess »Springen« genannt. Das war unser Wort dafür. Ich hatte ihr versprochen, das zu tun, und in dem Moment, in dem ich das versprochen habe, habe ich es auch sehr ernst gemeint. Ich habe dieses von mir gegebene Versprechen aber nicht gehalten. Ich konnte es einfach nicht. Das … nein, meine Angst vor unserem gemeinsamen Untergang war zu groß.

Schlüter steht auf, nimmt ihre Tasche und ihren Mantel, verlässt wortlos den Saal. Der Wachtmeister hält ihr die Tür auf. Thiede unterbricht sich nur kurz, sieht ihr nach, fährt dann fort.

THIEDE

Katharinas Schilderungen treffen aber in mehreren anderen Punkten nicht zu. Es ist zwar richtig, dass wir nach unserem letzten Treffen am 22. April im Hotel *Lexington* sehr lange telefonierten. Nach der Verabschiedung, die Sie auf dem Video hier gesehen haben. Es stimmt auch, dass wir uns in diesem Telefonat trennten. Aber es war, wie meine Verteidigerin Ihnen schon gesagt hat, kein gemeinsamer Entschluss, wie Katharina hier behauptet hat. Ich sagte, wir müssten uns trennen. Ich habe den Rückzieher gemacht, ich war es, der nicht »springen« konnte. Katharina hätte es gekonnt, davon bin ich überzeugt, sie ist stärker als ich. Sie wollte nicht, dass wir uns trennen.

Danach hatten wir keinen Kontakt mehr bis zu dem Tag, über den hier gesprochen wird. Dem 14. August.

Thiede trinkt wieder einen Schluck Wasser. Ein WACHTMEISTER, der bisher nicht aufgetreten ist, kommt in den Saal und geht zum Tisch der Staatsanwaltschaft. Er übergibt Heise eine dünne rote Akte. Heise schlägt sie auf und liest die wenigen Seiten.

THIEDE

Katharina hat Ihnen geschildert, wie wir uns zufällig getroffen haben und in meine Wohnung in der Mommsenstraße gingen. Auch das war alles exakt so, wie sie es beschrieben hat. Wir saßen vor den beiden Fenstern und unterhielten uns lange. Über unsere berufliche Situation. Ich erzählte, dass ich nach Washington fliegen müsse, sie erzählte von den Gästen ihrer nächsten Talkshow. Wir sprachen über Politik, Belangloses. Dann küssten wir uns. Aber wir gingen nicht ins Schlafzimmer. Wir blieben auf dem Sofa. Sie sagte, sie habe ihre Tage. Ich kann mich nicht erinnern, ob ich dazu etwas gesagt habe, ich glaube das aber nicht. Sie kniete sich auf den Boden vor dem Sofa und befriedigte mich mit dem Mund und der Hand, bis ich kam.

Zu keinem Zeitpunkt waren wir im Bett. Zu keinem Zeitpunkt schliefen wir miteinander. Zu keinem Zeitpunkt sagte sie: »Bitte entschuldige, ich kann das nicht mehr.« Zu keinem Zeitpunkt hat sie zu irgendeiner Handlung klar und deutlich »Nein« gesagt. Sie befriedigte mich, und damit hätte sie ja jederzeit aufhören können.

Thiede trinkt wieder einen Schluck Wasser.

THIEDE

Das Ganze dauerte ein paar Minuten, zehn vielleicht, fünfzehn höchstens. Katharina ist danach ins Badezimmer gegangen, ich blieb auf der Couch sitzen. Ich habe gedacht, dass ich ein Idiot bin und alles falsch gemacht habe. So würden wir niemals voneinander loskommen. Das in etwa dachte ich.

Heise steht auf, geht die wenigen Schritte bis zum Richtertisch und übergibt die Akte, die sie vom Wachtmeister bekommen hat, der Vorsitzenden. Sie schlägt die Akten auf.

THIEDE
Katharina kam aus dem Badezimmer zurück. Wir saßen dann zusammen auf dem Sofa. Es war nicht so, dass wir dort schweigend saßen, wie sie sagte. Katharina nahm meine Hand und fragte, ob wir nicht doch eine gemeinsame Zukunft haben könnten, weil wir so gut zusammenpassen würden. Ich sagte: »Nein.« Ich könne und wolle mich nicht von meiner Familie trennen, sagte ich. Ich versuchte es wieder zu erklären. Letztlich war es nur eine Wiederholung unseres langen Telefongesprächs vom 22. April. Wir sprachen etwa eine Stunde auf dem Sofa. Es war quälend und niederdrückend. Ich weiß nicht, ob sie mich überhaupt verstand oder verstehen wollte. Ängste sind ja nicht mit Argumenten zu erklären, und mein einziges Argument war meine Angst.
Dann wollte sie gehen. Ich schlug vor, sie zu ihrer Wohnung zu fahren, aber sie sagte, sie nehme lieber ein Taxi. Das ist alles. Mehr kann ich nicht dazu sagen.
Ich habe das Plädoyer des Rechtsanwaltes von Katharina hier gehört. Er fragte: Warum sollte Katharina mich zu Unrecht anzeigen? Ich möchte Ihnen eine andere Frage stellen: Warum sollte ich Katharina vergewaltigen? Ich bin fast 60 Jahre alt, keine 15 mehr. Glauben Sie nach allem,

was Sie über unsere Innigkeit, über die Ernsthaftigkeit unserer Beziehung und über unsere Liebe – auch von Katharina selbst – gehört haben, dass ich sie missbrauchen könnte? Glauben Sie das ernsthaft?
Meine Schuld ist, dass ich mein Versprechen nicht gehalten habe. Das wiegt schwer, und ich kann verstehen, dass Katharina mir das nicht verzeiht. Aber ich habe sie nicht vergewaltigt. Ich habe so etwas nicht getan.

Thiede setzt sich wieder. Etwas stimmt ganz offensichtlich nicht, der Prozess scheint nicht in seinen gewohnten Bahnen weiterzugehen. Der Ablauf ist ins Stocken gekommen. Die Vorsitzende flüstert mit ihren Beisitzern links und rechts. Beide nicken. Die Beisitzer flüstern dann ihrerseits mit den Schöffen auf den Außenplätzen der Richterbank. Auch die Schöffen nicken dann zustimmend der Vorsitzenden zu. Biegler schaut fragend zur Oberstaatsanwältin, dann zur Verteidigung. Auch Breslau ist ratlos.

VORSITZENDE

Leise zu den anderen Richtern.

Gut, so machen wir es.

In normaler Lautstärke.

Vielen Dank, Herr Thiede, für Ihre Ausführungen.
Meine Damen und Herren, Frau Oberstaatsanwältin Heise hat eben eine neue Akte erhalten, die in einem Zu-

sammenhang zu diesem Verfahren steht. Sie hat sie gerade dem Gericht übergeben. Wir konnten diese Akte noch nicht vollständig lesen. Aber so viel doch: Offenbar ist Frau Franziska Thiede, die Noch-Ehefrau von Herrn Dr. Thiede, gestern mit einem Anwalt bei der Polizei in München erschienen und hat dort eine Aussage gemacht, die für dieses Verfahren relevant sein dürfte. Sie bekommen natürlich gleich Akteneinsicht in den Vorgang. Ich konnte die Aussage, wie gesagt, bisher nur überfliegen. Grob zusammengefasst sagte Frau Thiede, ihr Mann, also der Angeklagte, habe ihr gegenüber die Vergewaltigung von Frau Schlüter gestanden.
Wir werden Frau Thiede also in unserem Verfahren laden und hören müssen. Deshalb sehen wir uns gezwungen, wieder in die Beweisaufnahme einzutreten.

BRESLAU

Das ist doch ganz offensichtlich nur eine Racheaktion wegen des Betruges von Herrn Thiede. Das Ehepaar lebt in Scheidung, ein Rosenkrieg. Es geht um Geld.

BIEGLER

Oder es ist die Wahrheit.

VORSITZENDE

Ich unterbreche die Verhandlung. Ein neuer Hauptverhandlungstermin wird Ihnen schriftlich mitgeteilt. Vielen Dank.

Die Richter erheben sich. Alle stehen auf. Thiede nimmt seinen Mantel und verlässt als Erster den Gerichtssaal.

Er muss an Biegler vorbei, um zur Saaltür zu kommen. Als Thiede auf gleicher Höhe mit Biegler ist, sehen sie sich kurz an.

BIEGLER

Leise.

Es ist noch nicht vorbei.